작가의 말

그림을 그리다 보면 어느덧 옷자락에 분명한 얼룩이 생기지요.
의도하지 않은 물감 자국은 무심한 사람의 동선처럼 보여집니다.
비에 젖은 담벼락이 마르면서 만들어내는 이야기가 새의 노래처럼
날아가 버리기 전에 잠시 붙들어 봅니다.

이야기할 讌연

김효경 산문화집

난나 출판사

이야기할 讌연

1장 9

미혹할 幻환
보충할 絔백
건너다 絶절
빗장 關관
불꽃 焒려
새끼 崽새
옮길 移이
빰 酺보
꿰뚫 毌관
공손할 恭공
헌 솜 縕온
춤출 娑사
샘물 흐르는 모양 泌비
웃을 笑소
상심할 恫통
몸 躬궁
깃 羽우
물이 빙 돌 潀횡
주울 拾습
아리따울 婯아
머무를 寓우

따뜻한 입김으로 불다 欨구
목 멜 咽열
불빛 炪졸
통할 透투
부딪히는 소리 䃺등
목구멍 喉후
분별할 辨변
잡을 摛남
보낼 致치
갈림길 岔차
옮길 挪나
살펴볼 窺의
유쾌하다 恔교
햇빛 暐위
물 넘칠 洴생
검은 비단 緇치
비둘기 鳩구

2장　　　　　　　　　　　　　　　　　　　70

짝 伴반
기뻐할 忭변
차츰 편해질 嶏비
징 鑼라
근심 恙양
물 뿜을 噀손
어루만질 捫문
실마리 緒서
샘물 흐르는 모양 泌필

꾸벅할 菱좌

부르는 소리 皋고

놀랄 驚경

같을 如여

아낄 吝인

나아갈 迪적

소곤거릴 呢니

이야기 嘶신

돌아갈 歸귀

아득할 藐막

서로 相상

무성할 茸용

받들 奉봉

끌어당길 抓과

새 떼 지어 모일 麤잡

바꿀 換환

과녁을 맞힐 侁침

빙 돌아 흐를 瀁만

잊을 忘망

물 떨어지는 소리 洐색

신선 儶풍

갖출 晐해

앞서 曏향

아득할 汋물

남을 膡승

편안할 聑접

햇솜 緜년

부를 招초

얕을 淺천

비탈 阪판

숨을 匿익

그릇 皿명
빠질 溺례
입 벌릴 凵감
나아갈 就취
두 갈래 강 氼추

3장   143

창 窓창
어렴풋할 偎외
건널 涉섭
새끼 崽새
재잘거릴 喃남
언덕 위에서 만날 隐넘
달아날 健달
주울 拾습
고리 環환
황홀할 恍황
그림 畵화
젖을 涵함
근본 本본
얻을 得득
홀로 갈 踽우
도르래 轆록
헹굴 涑속
마음 급할 悷검
별안간 달아날 趱굴
윤택하게 할 洽흡

옛 그릇 卣 홀

꿩 같고 푸른 새 鵁 돌

던질 甩 솔

황금 鐿 탕

눈 나쁠 睯 올

싱긋 웃을 嫣 언

거칠 薣 보

높이 부는 바람 飂 료

잇몸 齗 은

맛 좋은 물 洁 길

저녁 밥 飧 손

밝을 晰 석

디딤돌 碥 편

미끄러울 滑 활

별 이름 婁 루

훨훨 날아갈 瞂 휼

1장

연이 오다

미혹할 幻환

내려야 하는 정류장을 지나쳤는데 예고 없이 마주친 건 옛날이었어요.
찐빵 가게 앞을 지나게 되었던 거죠. 가게 안에서는 진빵과 만두를 만드는 손이 바쁘더군요. 김이 솟아오르는 솥 앞에서 제가 기다리는지 어찌 알까 싶었지만 머리에 수건을 쓴 아주머니가 미소를 지으며 나옵니다.
엄마 심부름 나온 아이처럼 종이돈을 들고 아주머니가 둘 중 어느 솥을 열까 지켜봅니다. 왼쪽 찜통에서 금세 나온 뜨거운 찐빵을 안고 걷는데 익숙한 기분이 듭니다. 지금 내린 정류장은 어린 제가 아직도 살아가고 있는 그곳이 아닌가 싶어집니다. 문득 길을 잃어버리면 옛날이 기다리던 골목에 들어서지만 어쩔 수 없이 저는 환승을 알리는 버스에 오르고 맙니다.

보충할 紹백

롱패딩을 입은 남학생은 가방 지퍼가 열려 있는지 모릅니다. 패딩 아래로 노란 체크무늬 바지가 산뜻하네요. 얇은 잠옷처럼 보이는 바지가 겨울 날씨라서 더 유쾌하더군요. 아이를 키우다 보면 유치원 다닐 무렵에 이런 장면이 나타나거든요. 계절과 상관없이 좋아하는 옷을 입겠다고 막무가내로 고집을 피우는 거죠. 춥다는 이유로 만류를 했던 엄마였는데 이제 와서 후회가 됩니다. 계절과 날씨에 적합한 차림새는 저절로 알게 되는데 기다려주지 못했던 거죠. 저도 백팩 지퍼를 열어놓은 채로 다닌 적이 많아요. 말해주는 사람이 없어서 집에 도착해서야 겨우 알게 되는 경우가 대부분이죠. 가방이 열린 지도 모르는 노란 체크 바지를 입은 학생이 멀어지네요.

건너다 絶절

머리카락이 상해서 뚝뚝 끊겼지만 잘라내지 않았어요. 그냥 두고 봤어요. 기름기가 빠지고 부스스한 머리카락으로 오래 앓고 난 환자처럼 기운이 없어 보였지만 미장원으로 가지 않았어요. 그러는 사이 머리카락 길이가 자랐고 끊어짐도 줄더군요. 스스로 떨어져 나가는 머리카락을 매일 보는 것도 의미가 있었습니다. 상한 건 자기가 제일 먼저 아는 거죠. 그 후 계절이 세 번이나 바뀌고 머리 기장을 잘랐어요. 볼품이 없어도 놔두던 머리카락을 자르는 건 어려운 일이 아니었어요. 봄날 새로운 잎이 돋아나는 걸 지켜보는 묵은 잎처럼 바삭거리며 구차한 과정을 다 겪었습니다.

빗장 關관

다리를 조금 절며 걷던 청년이었는데 전동 휠체어에 앉아 제 앞을 지나갑니다. 말을 더듬듯이 걸음을 옮겼고 팔도 약간 불편해 보였지만 회복 중이라고 여겼습니다. 이층 계단을 도움 없이 올라 다녔으니까요. 이상하게 제 눈에 자주 띄던 청년입니다. 늘 혼자였어요. 그는 잎이 넓은 활엽수 사이에 있는 침엽수처럼 외로워 보였어요.

지난여름 얼마나 더웠어요? 땀으로 젖은 짧은 머리를 하고 열심히 걸었었는데 지금은 밀어주는 사람도 없이 휠체어를 굴리며 제 앞을 지나갑니다. 몸부림치며 걷던 시간도 막연히 내려앉았습니다.

불꽃 焰려

꿈속에서처럼 잠깐 다녀온 외국의 도시는 일상에서 아무런 암시를 주지 못하더군요. 사진이 아니라면 파리에 다녀온 걸 스스로에게 증명할 길이 없었는데 영화 속에서 만났어요. 화면에서 파리가 유난히 잘 보입니다. 빨간 신호등인데 등장인물이 멈추지 않고 자유롭게 건너는 장면에서 저도 모르게 웃고 있더군요. 파리에선 가끔 그랬으니까요. 파리라는 도시를 책을 읽지 않고 페이지를 넘기듯이 다녀왔는데 영화를 보면서 여권 없이 다시 한번 입장합니다. 안녕 파리!

새끼 崽새

느닷없이 즉석 솟대를 선물로 받았어요. 그가 직접 겨울나무 가지치기를 하고 남은 무용한 잔가지로 만드는 걸 보았지요. 저와 같이 솟대를 받은 그녀가 어린아이처럼 즐거워합니다. 그녀는 솟대를 처음 보지만 제가 솟대를 알아보고 좋아하는 걸로 그가 이미 만족한 기쁨을 그녀가 느낀 것 같아요.

수업에 오는 사내아이가 만지다가 한순간에 분질렀지만 제게도 솟대가 있었지요. 단박에 제 솟대가 그리워졌습니다. 아까워하며 쓰다듬어도 반질거렸는데 말이죠. 가지에서 떨어져 새가 되어버린 나무를 여전히 뿌리에 달려 있는 족속들이 부러워하겠어요.

옮길 移이

이사를 가는 것이 두 번째 소원이었어요. 제가 살던 동네는 밤에 하는 이사도 흔하던 시절이었지요. 방 하나에 부엌이 달린 단칸방이 기차처럼 이어져 있었고요. 자고 나면 누구는 이사를 갔고 이불 보따리를 풀었어요. 그물이 성근 잠자리 양 날개의 몸통 부위에 주인집 딸인 제가 살았어요. 소꿉놀이가 끝난 것처럼 가볍게 떠나는 그들은 부럽기만 한 저녁의 새였습니다. 나무처럼 붙박이로 살아야 한다는 걸 깨달았을 때 이사라는 소원이 생겼어요. 소원도 취소를 해야 하는지 다 늦게 이뤄지더군요. 최근에도 이사를 하고 거처를 옮겨 다니며 자취생처럼 짐을 줄이는 기회를 얻었어요. 다음 생으로 건너가는 진짜 이사를 준비하게 되었습니다.

빰 醡보

민기네 아빠는 언제나 퇴근하고 바로 귀가하십니다. 공무원처럼 단정하던 짧은 머리가 곱슬거리는 파머 스타일이 되었습니다. 기타를 연주하는 록커의 얼굴로 현관 앞에 서 계시는데 많이 놀라웠어요. 머리 하나로 저렇게 바뀔 수 있을까요? 민기와의 수업 시간이 끝나고 머리가 진짜 잘 어울리신다고 인사를 했어요. 싱글벙글 웃으며 원래 음악에 소질이 있으셨답니다. 자기 안에 가득 채워 넣고 사는 건 언제고 드러납니다. 기타를 메고 악보를 돌돌 말아 쥐지는 않았지만 온몸에서 리듬이 흘러넘칩니다. 반짝이는 보물을 들고 있는 아이 같아 보입니다. 중년은 기타와 함께 깨가 쏟아지겠어요.

꿰뚫 田관

건강보험료를 내는 것이 아까울 정도로 병원에 갈 일이 없었는데 감기에 걸렸어요. 나흘째 이러고 있는데 감기 증상에 몸이 어떤 반응을 보이는지 관찰 중입니다. 기침으로 편도선이 조금 부어오릅니다. 머리통이 울리고 기침이 멎는 동안의 고요는 다음 기침을 기다립니다. 콩나물국을 먹었고 와인을 끓여 파는 카페를 찾아갔습니다. 감기에 걸리기 전과 아주 다른 동선으로 전환되고 있습니다. 저희 엄마는 평생 환자였어요. 어린 제 소원이 엄마 아프지 않는 거라고 했으니까요. 키도 저보다 크시고 아름다우셨는데 나중엔 거울을 멀리 하셨어요. 오랜만에 찾아온 감기로 안절부절 못하면서 엄마를 생각합니다.

공손할 恭공

눈앞에서 아깝게 건널목 신호를 놓쳤어요. 종종거리고 뛰었다면 건널 수 있는 거리였거든요. 매년 12월은 조금 겁을 주는 추위였는데 일찍 등교해 교문을 지키는 선배처럼 무서운 날씨라서 적응하기 힘든 요즘이지요. 신호가 바뀌는 시간도 견딜 수 없어 ATM 박스로 들어갑니다. 불빛이 환하고 따뜻합니다. 먼저 점령한 아가씨 둘이 있더군요. 테이크 아웃한 커피를 들고 말이죠. 제가 등장하자 열중하던 대화가 소극적으로 변하는 겁니다. 목소리가 작아졌고 아래위로 스캔도 했습니다. 불청객인 제가 어쩌겠어요. 이 따뜻한 공간을 포기할 수는 없고 웃었죠. 곧 파란 신호가 떨어져 길을 건넜어요. 그녀들은 아직 떠나지 않고 있네요.

헌 솜 縕온

저녁 샤워를 마치고 나온 어린 자매가 킥보드를 타는 뒤로 엄마가 보입니다. 다 마르지 않은 젖은 머리는 바람에 날리지 않았습니다. 소매 없는 원피스 자락이 팔랑거립니다. 엄마는 뒷짐을 지고 곁에서 멀어지지 않는 막내를 살핍니다. 천변엔 또 물가에서 올라온 오리 가족이 고소한 햇살 냄새가 남아 있는 너른 바위 위에 나란히 앉아 있습니다. 어미 오리를 기둥으로 어린 새끼 다섯이 쪼르르 날개를 밀착시켜 붙어있네요. 예뻐하며 가까이 다가갔는데 저의 긴 그림자가 오리 가족을 덮어 버렸어요. 어미가 놀라서 일어납니다. 새끼들도 따라 합니다. 엄마가 없는 여자는 나머지 천변을 걸어 집으로 돌아왔습니다.

춤출 娑사

유월 어느 일요일 오후, 4호선 명동 역 부근에는 하얀 지팡이를 의지한 여인이 있어요. 까만 생머리, 하늘거리는 쉬폰 블라우스와 검정 바지를 입은 허리가 날씬합니다. 나이는 이십 대 후반 정도로 보입니다. 서울예대 길에서 내려오는 중이었어요. 저의 눈은 카메라 초점이 되어 그녀에게 고정됩니다. 어미를 잃은 눈먼 사슴처럼 방향을 잡지 못하고 무거운 돌 의자에 부딪히고 있습니다. 눈을 가리고 지뢰밭을 통과하는 소년병 같아요. 함께 있던 지니가 얼른 그녀에게 다가가 팔을 내밀어 도와드릴까요 합니다. 그녀는 지니의 팔을 잡고 지하철 에스컬레이트 앞에서 다시 혼자가 됩니다. 잃었던 회로를 되찾은 우리들의 오후가 사선으로 비켜 지나갑니다.

샘물 흐르는 모양 泌비

젊은 엄마가 아기 낮잠을 재우려고 먼저 누워서 자는 척을 합니다. 아가
는 엄마의 하얀 종아리에 기대어 자신의 손가락을 장난감 삼아 놀고 있어
요. 제가 조용히 다가가서 아가의 발가락을 하나씩 살짝 당기며 하나, 둘
하고 숫자를 헤아리니 금방 침을 흘립니다. 뒤로 넘어질 듯 고개도 까딱
거립니다. 그러면서도 아가의 다음 발가락은 제 손길을 기다립니다. 비몽
과 사몽 중의 아가를 눕히고 자장자장 어깨를 두드리니 잠에 골아떨어집
니다. 젊은 엄마는 아가를 안고 방으로 들어갑니다. 저한테 아가를 재우
는 재능이 있는 줄 몰랐어요. 아가를 재우려고 발가락 장난을 걸은 건 아
니었거든요.

웃을 쏫소

요즘 그림을 그린다구 책상이 어지럽지요. 읽던 책이 쌓인 옆으로 노트북이 열려있어요. 치약처럼 짜서 쓸 수 있는 얼굴크림 뒤에 붓 씻는 컵과 식어버린 커피 잔도 한 귀퉁이를 차지합니다. 수채화를 그리다가 커피 잔에 붓을 씻고 아차 놀라기도 한답니다. 무심코 그 커피를 홀짝 마신적도 있습니다. 어제는 외출 준비를 서두르다가 가방으로 화장품 오일을 건드렸는데 뚜껑이 제대로 닫히지 않아서 책상 위로 흘렀네요. 얼굴에 아껴 바르던 그 귀한 오일로 책상을 닦을 수밖에 없었지요. 물수건으로 지워지지 않던 오물들도 말끔히 지웠습니다. 대가를 치르고 정리된 책상에서 다시 그림을 그리다 책을 읽었습니다. 창밖의 여름이 저를 봅니다.

상심할 恫통

초여름 저녁 바람에, 허리까지 내려오는 긴 머리카락이 그녀의 온몸을 휘어 감았어요. 주먹만 한 작은 얼굴도 검은 머리카락에 덮였지요. 바람에 떠밀려가는 흑백 사진의 한 장면 같더군요. 버스를 기다리던 저의 시선은 그녀만 따라다녔어요. 자기의 황당한 이야기를 핸드폰으로 아주 상세하게 알리려고 안간힘을 쓰더군요. 통화자의 이해가 서툴면 또 그녀는 자기 기분은 지금 이래서 나쁜데 네게 화를 내는 건 아니라는 목소리에서 애원이 느껴집니다. 바람에 온몸이 휘감기면서 그녀는 자기의 감정을 포기하지 않구 풀어냅니다. 불어오는 바람에 휘어 감기다 마는 것처럼 우리의 말들도 누군가의 마음에서 나붓기다 소멸하겠지요.

몸 躬궁

몸매가 소녀처럼 굴곡 없이 마른 여자가 온탕에서 나옵니다. 젖은 커트 머리가 목을 덮고 있습니다. 습기 사우나에서 마주쳤어요. 제가 들어가자 잠시 후 나가더군요. 그녀의 동선은 제 시야에서 벗어나지 않았습니다. 그녀는 아무도 들어가지 않는 작은 탕 안에서 쫓겨난 아이처럼 무릎을 세우고 두 팔로 종아리를 감싸더니 고개도 숙였습니다. 지나가는 척하며 그녀가 앉아있는 물속으로 손을 넣어 보았어요. 겨우 찬기를 모면한 미지근한 미온입니다. 머리를 감고 목욕탕에서 나오도록 그녀는 자세를 바꾸지 않고 그대로 앉아 있더군요. 상처를 입고 엄마 자궁 속으로 기어서 들어온 아이 같았어요. 그녀의 무의식이 기억한 자궁에서 아픈 매듭이 풀리길.

깃 羽우

토요일 오후 혼자 영화관으로 갔어요. 두 장의 영화 팜플렛을 들고 대기 표를 뽑아 기다렸지요. 차례가 곧 왔고 직원에게 바로 볼 수 있는 영화를 물었어요. 삼분 후 한국영화가 시작된다고 합니다. 배경과 언어가 다른 외국영화 속으로 들어가 낯선 풍경을 보며 현재에서 벗어나는 건 다음에 하기로 했어요. 타이타닉의 케이트 윈슬렛는 책 읽어주는 남자에서 낯선 사람처럼 연기하더군요. 이번에 개봉하는 영화에서 어떤 모습인지 궁금 했지요. 삼분 후 시작되는 영화는 짝지어 앉을 좌석은 고개가 아픈 앞쪽 뿐이었어요. 혼자라서 좋은 자리를 골라 차지했습니다. 시간이 무심코 선 택한 영화는 조미료를 넣지 않은 밥상처럼 깔끔했어요. 가끔 이럴까 합니 다.

물이 빙 돌 濛횡

놀기 심심하다고 월세 없는 가게를 얻어 구제품을 판매를 한다는 문자가 왔어요. 오래된 아파트 주민인데 관리소장이 관리비만 내고 사용하라고 권했답니다. 구경삼아 들렸어요. 옷 욕심이 아무리 많아도 눈에 들어오는 것이 없어 두리번거리다가 구두를 보게 되었지요. 옅은 카키색 세무 부츠에 밍크털 장식이 새침한 고양이 같더군요. 무려 새것으로 얼른 신었죠. 사이즈도 딱 맞아서 바로 신었어요. 집에 가서 찬찬히 보니 구두태가 달라요. 상표를 다시 보게 됩니다. 밍크털도 진짜였어요. 안감도 부드러운 가죽으로 발이 편안합니다. 좋은 사람을 이렇게 만나고 싶네요.

주울 拾습

노트북 액정이 붉게 물든 건 바이러스가 아니었어요. 다운 받은 영화를 다 지우고 오래된 집안을 청소하듯이 파일을 정리했지만 화면은 다시 예전처럼 돌아오지 않았어요. 마침 컴퓨터를 잘 아는 학생에게 노트북 초기 화면을 보여주니 바로 진단을 내립니다. 액정 문제라고 고객센터로 가서 교환하라는 처방을 합니다. 생돈이 나가게 생겼어요. 사람이 아프지 않으니까 노트북이 고장이라느니 별 생각이 다 들었어요. 수리비가 아까워서 한숨이 나왔어요. 원인 중에 충격 보다 습기가 제일 의심이 갔어요. 어쩌다 생긴 공돈을 바로 날리게 생겼어요. 공돈에도 습한 기운이 있다는 걸 알았답니다.

마지막 수업이라고 끝 인사 하기 전에 소영이는 단체 사진을 찍자고 합니다. 이별을 아쉬워하던 소영이에게 사진을 찍게 할 걸 그랬어요. 수업 중간에 나눠 먹던 간식도 그날은 없었어요. 저는 다음에 또 만날 것 같은 헤어짐을 갖고 싶었거든요. 긴 만남에 짧은 이별로 산뜻하게요. 소영이는 가을에 밤을 따는 할아버지를 소재로 시를 썼어요. 할아버지가 신고 있던 고무신을 밤나무를 향해 던지면 떨어진 밤송이를 신나게 주웠다고 해요. 저는 그 장면이 좋아 두 번을 읽게 했어요. 소영이를 누구 보다 오래 기억할 것 같아요. 초경처럼 시를 쓰던 아이들이 눈에 선합니다.

머무를 寓우

눈이 내리더니 금방 비가 됩니다. 신발장에서 꺼내는 우산은 이미 정해져 있습니다. 일부러 버릴 수가 없어 슬며시 어딘가에 두고 올 작정이 된 우산으로 저번에도 실패를 하고 말았거든요. 식구는 줄어드는데 우산은 늘어 두 해가 지나도록 바깥 구경을 하지 못한 것도 많아요. 버리고 싶은 낡은 우산에 붙어 딸려 나온 초록색 우산을 억지로 밀어 넣었습니다. 투명 비닐우산에 하얀 눈이 내려 쌓입니다. 나 대신 눈을 맞는구나 하며 걸었어요. 눈이 멎고 얼어붙은 도로에서 넘어지지 않으려고 하자 비닐우산은 지팡이가 되어 줍니다. 오늘도 저는 낡은 우산에 의지해 집으로 돌아왔습니다. 비를 기다리는 우산들은 수북한데 말이죠.

따뜻한 입김으로 불다 欨구

친구랑 둘이 전철을 탔어요. 빈자리가 생기자 호들갑스럽게 먼저 앉았는데 친구는 제 앞으로 다가와 서서 갑니다. 곧 자리가 나겠지 하면서요. 우리는 둘 다 무릎과 다리를 다쳤던 여자들이라 오랜 시간을 서서 가는 건 무리거든요. 전철 안의 짧은 순간으로 저는 친구를 다시 보기 시작했어요. 언제나 말없이 침착하게 저렇게 살았구나 하고 말이죠. 자리를 보면 환장해서 나부터 앉고야 마는 저와 비교를 하게 되더군요. 누구를 안다는 건 그를 통해서 내게로 가는 길이겠지요. 고작 나 하나 알고 가자고 이 세상살이를 하는구나 싶어요. 나와 친구에 대해서 급하게 많이 알려던 걸 멈추고 느릿하게 속도를 줄여봅니다.

목 멜 咽열

포도주 한 병이 더 생겼어요. 마개를 딸 수 없어 못 마시는 포도주가 이미 있거든요. 코르크 마개는 오프너가 없어 두고 보는데 손으로 돌리면 되는 걸 열 수가 없어요. 저는 손아귀에 힘이 좋아서 딸기잼 병을 닫아 놓으면 아무도 열지 못하거든요. 그래서 가끔 병마개를 헐겁게 해 놓기도 합니다. 아무리 어려운 병마개도 제 손에 들어오면 대부분 열어지거든요. 그런데 포도주병 앞에서 실력이 나오지 않는 겁니다. 힘보다는 요령이 필요한데 말이죠. 며칠째 잔뜩 째려보고 있는 중입니다. 열리지 않는 병 앞에서 저로 인해 굳게 닫힌 마음들을 봅니다. 저 또한 누군가에게 마음을 열지 않았던 순간이 많아요. 열리지 않는 마개와 마음은 내버려 두는 것도 방법이 아닐까요.

46

불빛 畑졸

서진이가 졸업을 합니다. 선물로 뭐가 좋을까나 하면서 약국으로 갑니다. 그 동네가 외져서 화장품 가게가 없어요. 일단 입술을 보호하는 밤을 샀어요. 비타민제라도 사나 하다가 선물로 적합하지 않아서 그냥 나왔어요. 물품보다 현금으로 주면 더 좋아하잖아요. 수업 시간에 서진이는 일주일간 있었던 일 중에 하나를 골라 길게 이야기를 합니다. 삼분이 넘는 사연도 있어요. 방탄 팬인데 응원봉을 사게 된 내용으로 듣는 중에도 추워서 어깨가 시리더군요. 가장 매섭게 추웠던 날 새벽에 한 데서 기다려 기어코 손에 넣었답니다. 가만히 듣다가 얼른 얼마냐고 묻고는 지갑을 꺼냈어요. 그걸로 졸업 선물하자구요. 제가 횡재했어요. 서진이도 좋아했구요.

통할 透투

전철 옆자리에 다리가 긴 청바지가 앉아요. 누구나 다 그러는 것처럼 핸드폰을 열어요. 일부러 보려고 애쓰지 않아도 바로 옆에 있으니 훤히 잘 보입니다. 초기 화면이 에펠탑입니다. 파리에 언제 다녀오셨어요 하고 질문을 한 뻔했어요. 제 안에 있던 파리가 한꺼번에 몰아칩니다. 내면에 잠재된 것은 일부러 끄집어내지 않아도 갑자기 쏟아지는 소나기처럼 젖게 되는 순간이 있어요. 예상하지 못했던 출구로 파리에 잠시 다녀옵니다. 두툼한 겨울옷이 불편해 다리를 꼬았더니 청바지가 더는 좁힐 수 없는 자기 자리를 내줍니다. 무릎에 올려놓은 책을 다시 읽었어요. 나른하게 졸면서 갈 길을 청바지 덕에 즐거웠어요.

부딪히는 소리 燈등

콩나물 뿌리와 껍질을 하나씩 일일이 다듬고 손톱만 한 약 밤도 검지가 아프도록 까던 시절이 있었습니다. 옷장에 있으나 입지 않으면 없는 옷이 되는 것처럼 기억도 그런 가 봅니다. 오래된 기억이 풀려 나오는 통로는 현재가 만들어 줍니다. 아침에 마른 생밤을 까다가 어두운 방 안에서 문을 등지고 약밤 껍질을 벗기고 있는 저랑 만났으니까요. 콩나물도 하나씩 들고 뿌리를 자르고 껍질을 벗기던 저도 옆에 앉더군요. 빨리 완성되는 것이 싫어서 제일 가느다란 실로 뜨개질을 하던 여자도 나옵니다. 혼자 있는 시간이 많으니까 드디어 오래된 나를 만나게 됩니다. 멀리 이사 가버린 친구와 해후하는 기분입니다. 그 여자, 내일도 오겠죠,

목구멍 喉후

단톡으로 알린 부고에 혼자 문상을 갑니다. 누구와도 연락하지 않고 말이죠. 장례식장이 복잡하여 상주를 찾을 수가 없어요. 두리번거리는 걸 상주가 먼저 알아봅니다. 검정 코트를 벗고 고인의 사진을 마주했어요. 진심으로 명복을 빌면서 향을 피웠습니다. 고인에게 두 번 절하고 상주와 맞절을 합니다. 상주 앞에서 육개장에 밥을 말아먹으려고 했어요. 아는 얼굴이 있어 소주도 나눠 마셨습니다. 고인은 구십 이세로 아들의 극진한 보살핌을 받으셨답니다. 울음소리가 하나도 없어요. 한 시간가량 머물다 자리에서 일어났어요. 사 년 전에 아버지를 너무나도 섭섭하고 야속하게 보내드렸어요. 아버지 죄송해서 어떡해요.

분별할 辨변

여유와 야유, 모음의 방향으로 단어는 다른 의미로 살아갑니다. 화두처럼 생각하는 키워드가 슬라이드 화면처럼 바뀌면서 나타나는데 근래는 여유가 보입니다. 지난 시월에 컬러링북을 제작하면서 그림의 제목이 어른으로 끝났거든요. 그다음에 무슨 단어일까 기다려졌으니까요. 저에게 차츰 약속 시간보다 여유 있게 도착하는 변화가 시작이었어요. 대화 중에 지겹게 반복되는 말도 자르지 않더군요. 참을성이 없어서 상대가 무안한 줄도 모르고 말꼬리를 잘랐거든요. '여유'와 '야유'는 한 이불속에서 자고 나오는 자매 같아요. 따뜻한 이불을 덮어주면 야유도 여유로운 얼굴이 될라나요.

잡을 摘남

밤 10시가 지난 마트의 야채는 마지막까지 팔려가지 못한 날품팔이처럼 핼쑥하더군요. 아무렇게나 나둥글고 있는 시금치가 눈에 들어왔어요. 유부초밥을 할까 하면서 들린 마트에서 시금치를 사게 될 줄은 몰랐죠. 가스 불에 냄비를 올려 물을 끓이면서 시금치를 다듬고 씻었어요. 차가운 물에 들어간 시금치가 조금 되살아나더군요. 끓는 물에 시금치를 살짝 담갔다 건졌지요. 아주 잠깐요. 냄비에 다시 멸치를 넣고 물을 부어 끓인 후 된장을 풀었어요. 건져놓은 시금치를 넣고 후루룩 끓이니 맑은 된장국이 되었지요. 시금치 데친 물을 아깝지만 버리길 잘했어요. 뜨거운 쌀밥에 된장국 하나로 아침을 먹었습니다.

보낼 致치

옷 수선을 맡기고 찾아가는 여자와 남자를 보게 되었어요. 여자와 남자가 동시에 라고 할 만큼 바람에 실려 온 걸음으로 나타났지요. 오랜 바느질로 눈이 움푹 꺼진 주인아주머니가 아이보리 스커트를 곱게 접어 쇼핑백에 담아 여자에게 내줍니다. 여자는 선불로 수선비를 치른 걸 확인하구 바삐 자리를 떠납니다. 다음 순서를 기다리는 남자에게 주인아주머니는 바지를 두 번 접어 담아 줍니다. 남자는 천 원짜리 석장을 다리미판에 올려놓고 먼저 나간 여자처럼 가볍게 돌아서갑니다. 저는 그들이 나가자마자 코트를 다려달라는 주문을 합니다. 바로 거절당했어요. 세탁소로 가라는 겁니다. 세탁소가 멀어서 여기로 왔는데 말이죠.

갈림길 숨차

핸드폰 매장 앞으로 이른 시간 지나가면 바닥에 최신 폰을 홍보하는 종이를 테이프로 붙이고 있는 청년을 만나곤 합니다. 행인들이 하루 종일 밟고 지나갈 홍보 인쇄물을 정성을 다해서 깔끔하게 바닥에 새기듯이, 진중한 청년의 척주와 등을 보게 됩니다. 오전이 끝나기도 전에 무수하게 밟히고 너덜 해질 걸 알면서도 붙이는 걸 보면 광고 효과가 있는 거 맞겠지요. 하얗게 말끔했다가 점점 지저분해지는 과정을 지켜보면서 그 청년은 무슨 생각을 했을까요. 핸드폰 판매 요량이 없는 신참이 맡아서 바닥부터 시작하는 걸 배우겠지요. 아니면 고개를 숙이는 걸 먼저 익히는 건가요. 이상은 높고 현실은 차가운 계절입니다.

옮길 挪나

나만의 방이 없던 시절에 꾸었던 꿈은 빈방에 나 홀로입니다. 키 낮은 책상을 들이고 다른 가구 없는 방이면 좋겠다는 욕심을 부렸지요. 간단하고 단출하게 살겠다는 마음도 욕심이란 걸 나중에 알았지만요. 식탁 위에 반찬이 늘어나는 것과 비례로 집안은 물건으로 가득 찼어요. 장마철에 만원 버스에 올라 뿌연 창밖을 보는 퇴근길처럼 답답하기만 했어요. 그런 축축하고 정신없는 나날을 보내고 드디어 벽에 아무것도 걸지 않게 되었지요. 빈 벽으로 남길 자유를 생각하며 예전에 꿈꾸던 그 호젓하고 조용한 방으로 들어갑니다. 아직 낮은 책상도 들이지 않은 그 방에서 맑은 창문을 열어놓고 오로지 나와 함께 있어 봅니다.

살펴볼 窺의

나와 똑같은 코트를 입은 남학생이 저쪽에서 걸어옵니다. 처음엔 멀리서 살폈는데 단추랑 주머니 디테일까지 같았어요. 남학생은 제 곁을 스치면서도 같은 옷인지 눈치채지 못하더군요. 사실은 제가 남자 옷을 입은 거였어요. 겨울 코트로 남자 옷이 좋더군요. 속주머니도 있고 몸을 넉넉하게 덮어주는 느낌이 있어요. 여자끼리 같은 옷을 입고 마주치면 무안하여 숨으려고 했으면서 제 옆으로 지나가는 남학생 뒷 태를 고개를 돌려서까지 자세하게 보았습니다. 같은 옷을 입고 서로 반대 방향으로 걸어가는 순간 제게 있던 호기심 한 오라기가 풀려 남학생 뒤를 따라갑니다. 저녁의 거리를 그 남학생과 돌아다니겠지요.

유쾌하다 恔교

주차장 좁다란 화단에서 가을이면 성실하게 감을 주렁주렁 매달아 보이던 감나무가 있었습니다. 젊은 아낙이 품 안 가득 올망졸망한 아이들을 안고 있는 거 같았어요. 후진하는 자동차 매연이 보약일리는 없잖아요. 농부의 학대에도 사탕수수는 단맛을 포기하지 않듯이 감나무도 가을 하늘 아래로 대봉 감을 그려 놓았지요. 주인은 까치밥 하나 남기지 않았으면서 그해 겨울이 가기 전에 감나무의 몸통을 잘라냈습니다. 감나무는 죽은 거 같았어요. 톱으로 잘린 나이테를 검지 손 지문으로 쓰다듬어 주었지요. 열려라 참깨, 여름의 열기 속에 감나무 잎이 돋아나기 시작했어요. 하나의 문이 닫히면 다른 문이 열리니까요. 언제나.

햇빛 暐위

중학교 2학년 담임은 미술선생님이셨어요. 얼굴에 여드름 자국이 많은데 표정도 무뚝뚝한 남자 샘이라 어려웠지요. 새 학기를 앞두고 대청소를 했는데 유리창 닦는 조가 되었어요. 운동장 방향으로 자리한 유리창을 닦으면서 아래 부분 유리를 무릎으로 쳤어요. 같은 강도로 규칙적으로 말이죠. 그랬더니 유리가 방사선으로 쫙 갈라지고 말았어요. 유리를 깼다고 담임한테 어떻게 말을 해야 하는지 어쩔 줄 몰랐지요. 담임은 금이 간 유리창과 파랗게 질린 제 얼굴을 보더니 아무 말도 하지 않으셨어요, 그 담임을 세월이 흘러 스물에 마주쳤어요. 크리스마스 축제였는데 댄스 파트너로 말이죠. 유리창을 깨고 사춘기 고비 넘긴 걸 모르실 겁니다.

물 넘칠 泩생

유월에 엄마가 죽은 열 살 남자아이 생일 초대를 받았어요. 고모가 병실에 누워있는 엄마에게 마지막 인사를 시켰지요. 열한 살은 죽는 엄마와 이별하는 법을 몰랐어요. 입안에서 나오지 않는 작별은 가시처럼 목에 박혀 기침을 해요. 엄마가 죽었는데도 여름 생일은 염치도 없이 찾아왔어요. 고모가 사과랑 바나나를 샀어요. 탕수육도 시켜줬어요. 군만두도 따라왔어요. 생일 선물로 인형을 살까 고민하다가 필통으로 했어요. 남자아이한테 인형이 어울리기나 할까 하면서요. 고모가 있어도 엄마는 아니잖아요. 부드러운 인형을 매만지면서 엄마를 그리워하면 어쩌나 겁이 났어요. 배가 터지도록 탕수육을 먹는 아이에게 인형이 어때서 그랬는지.

검은 비단 緇치

서울이란 곳은 늘 공사 중이더군요. 지하철 노선이 늘면서 파헤쳐진 도로는 철판 땜질로 철갑 누더기가 되었지요. 버스가 그 위를 달리는 잠깐 동안 철판이 내려앉아 나락으로 떨어질지도 모른다는 공포로 멀미가 올라왔더랬어요. 지하철 공사가 마무리되고도 도시는 늘 허물거나 증축 중이라서 성형이 끝나지 않은 얼굴처럼 붕대를 감고 있네요. 문득 내 마음도 이렇구나 했어요. 마음 어느 한구석은 오래되었거나 새로 입은 상처를 꿰매고 땜질 중인데 다 낫을 만하면 견고하다고 여겼던 마음 한쪽이 또 무너지거든요. 거울 속엔 치료와 보수 중인 얼굴이 아닌 적이 없어요. 재건축하는 도시처럼 마음도 알아서 치유하고 있겠지요.

비둘기 鳩구

오래 된 도서관은 화장실 위치가 비밀스러워서 숨바꼭질하는 거 같아요. 낡은 건물은 옛사람의 골목처럼 갈피가 숨어있더군요. 화장실은 대부분 건물 출입구 근처에 위치하는데 익숙해져서 더 그렇더라고요. 짐작되지 않은 곳에 화장실은 숨어있었어요. 계단과 계단 사이 같은 공간으로 이층과 삼층 사이라서 의외였어요. 도서관 정수기에서 물을 받아 마시는 남자 노인과 마주쳤어요. 가족의 살뜰한 보살핌을 받은 지 오래된 노숙자 같았는데 차가운 그림자처럼 느껴져서 놀라웠어요. 분명 움직이며 목적이 있는 행동을 하는데 말이죠. 그림자가 없는 사람처럼 보였어요.

낡은 도서관 건물 갈피에 숨어살고 있는 늙은 남자가 제 눈에만 보이는 건가요.

2장

연을 날리다

짝 伴반

버스에서 먼저 내려 걸어가는 사람들 중에 허리 보호대를 한 여자가 보입니다. 숨 막히는 더위에 반팔 티셔츠 위로 허리를 감싸는 두툼한 복대가 얼마나 더울지 한숨이 나옵니다. 허리가 아파 천천히 걷는 여자 뒤에서 걸음을 늦추며 제가 한 생각은 나는 허리가 아프지 않구나였어요. 평소엔 허리가 내게도 있는 줄 모르더니 말입니다. 내가 나라는 걸 확인하기 위해서 타인이란 존재를 끊임없이 관찰하고 있습니다. 나의 나이 듦과 무료함을 알아내려면 타인이라는 거울이 있어야 가능합니다. 아무도 없는 빈 방에서 오로지 혼자 있음으로 충만함이 넘치는 공간과 반사되는 거울들과 만나는 시간도 필요하겠지요. 허리를 만져 봅니다.

기뻐할 忄변

텔레비전이 없는 생활을 오래 하다 보니 새로운 습관이 생깁니다. 열심히 채널을 옮기며 챙겨보던 드라마를 끊고 금단현상이 나타났습니다. 처방받은 약이 다 떨어져서 구하려면 검고 깊은 강을 맨몸으로 건너야 하는데 도와줄 사람은 보이지 않는 상태와 같았어요. 약 없이 사는 걸 수용하고 하루하루 보내다 새롭게 관심이 생기는 분야가 생겼어요. 서쪽하늘로 넘어가는 석양을 매일 같은 의자에 앉아서 바라봅니다. 한 번도 같은 하늘이 아니라서 위로가 되었어요. 하늘도 저런데 나의 하루가 변덕스러운 건 당연했지요. 어느 자리에서 봐도 서쪽은 그대 론데 구름이과 노을빛이 달라서 나날이 새롭더군요. 다만 다시보기가 없을 뿐이지만.

차츰 편해질 岬비

두 번 째 탄생, 이번에 읽게 된 책입니다. 어린이 책 코너에서 손에 잡힌 건데 도입부 문장에서 슬픈 생각이 들었어요. 권투를 하는 형이랑 살아가는 열네 살이 등장해요. 동생의 시선으로 이야기는 진행되는데 아무래도 슬픔이 올라와서 도중에 반납을 하기로 했어요. 그래도 반은 읽어야지 하면서 들고 있었는데 기어이 일어날 일은 일어나고야 말았어요. 권투를 하는 형이 다쳐서 다리를 절단합니다. 미국으로 원정 경기가 잡혀있는 상태에서 말이죠. 어쩌면 저는 슬픔을 알아내는 감각이 발달했는지 모릅니다. 수맥을 찾아내는 사람처럼 말이죠. 그 책을 반납하지 않은 걸 후회하지 않아요. 어차피 일어날 일은 일어나게 되어 있으니까요.

징 鑼라

바나나 주스를 주문하고 기다렸어요. 직원이 혼자 바쁩니다. 먼저 온 손님의 음료를 만든 동안 새로운 손님이 계산대 앞에서 줄을 섭니다. 단발머리에 눈 화장이 매력적인 직원은 나비처럼 가볍게 움직이고 있습니다. 좁은 공간은 기다리는 사람으로 가득합니다. 다행히 에어컨이 시원해서 기다리는 재미가 나더군요. 혼자 일을 하는데 손님이 몰려들면 겁이 날 것 같아요. 실제로 다른 시간대의 직원은 일인근무라고 계산대 앞에 써 놓더라고요. 초조하고 불안한 표정이 얼굴에 드러나고 곧 울음소리가 날 거 같았어요. 같은 조건과 환경에서 일하는 두 사람이 금방 비교되더군요. 나비처럼 보였던 직원이 만들어준 주수를 들고 눈 맞춤을 했습니다.

근심 恙양

은행 앞에 못 보던 노점이 생겼어요. 자두랑 파란 사과 두 종류만 팔더군요. 자두는 철을 놓치면 아쉬운 과일이라서 욕심이 났어요. 자두가 비싸서 망설이다가 노점 앞을 지나쳤어요. 꼭 물건을 사야 하는 노점 콤플렉스로 다시 돌아가서 사과와 자두 앞에서 어려운 결심을 해야 했어요. 만만한 사과를 골라 현금을 냈어요. 아주머니는 사과를 담아주면서 혼잣말을 합니다. 그늘은 좋은데 장사는 별로라고요. 손님이 많은 곳을 찾아다녀야 하는데 은행 건물그늘이 훌륭해서 좌판을 벌였는데 벌이가 신통치 않은 게지요. 바람까지 불어서 몸은 시원한데 마음은 불편하니 우리는 언제나 몸과 마음 둘 다 만족하는 자리에 앉아 있을까나요.

물 뿜을 噴손

팔목에 손이 없는 남자 옆을 지났어요. 끓는 더위에 그는 반팔을 입고 오래된 나무 막대기 같은 팔을 드러냈어요. 늘어진 팔은 세월에 갈라진 빨래 방방이 같았어요. 연민과 우월은 우물이 마르듯이 사라졌는데 저와는 등을 돌리고 다른 길을 가는 그 남자가 집까지 따라왔어요. 꽃이 피지 않는 나무 가지를 매달고 다니는 남자는 초등학생처럼 키도 자그마했어요. 내 눈으로 발견한 것이 나를 무섭게 했다는 문장을 생각합니다. 백화점 부근 수많은 인파 속에서 손목 아래가 없는 남자를 발견한 건 무슨 이유일까요? 더위에 시달리던 몸과 마음에게 차가운 주먹을 날리는 건 누구였을까요?

어루만질 拊^문

학생 때 시험 준비를 하면서 이런 문제가 나왔으면 하는 바람이 있지만 시험지를 받아 들면 아닙니다. 기대하던 문제가 나오지 않아서 시험공부는 헛수고가 되고 말지요. 초점을 잘못 맞추고 찍은 사진처럼 버리고 싶은 결과를 받아 들었던 적이 많아요. 내가 중요하다고 생각하는 것은 보편적인 중요도에 미치지 못했던 겁니다. 학교에서 그렇게나 시험을 많이 봤던 속셈을 이제야 조금 알겠네요. 지금이라고 달라졌을까요. 다만 반대로 정답을 보고 문제를 알아내고자 했더니 전과 다르게 접근할 수 있었어요. 문제와 정답 사이에 있을 만한 것에 관심을 갖게 되었고요. 졸업이란 걸 하고 드디어 내가 문제 삼고 싶은 것에 빠져서 좋아요.

실마리 緖서

어제와 오늘 저녁은 서쪽 하늘을 향해 걸음을 옮겼습니다. 두 정류장 전부터 버스에서 내려 서쪽으로 끌려갔습니다. 태초의 하늘처럼 신비한 서쪽으로 기쁘게 말이죠. 맑은 홍시처럼 투명한 석양이었어요. 제가 어려서 다닌 학교는 2부제 수업을 했어요. 같은 교실에서 공부를 하지만 학교가 파하면 곧장 집으로 돌아가 오전반은 만날 수 없었죠. 오후반이 되면 오전반이 책상에 남긴 지우개 가루를 손바닥으로 쓸어버렸습니다. 서쪽이 가까운 인생의 오후반이 되니 다시 돌아갈 수 없는 오전 수업이 보입니다. 우주 공간은 앞과 뒤, 좌우의 분별이 없다는데 서쪽 끝으로 가면 알아지려나요.

샘물 흐르는 모양 泌필

한때 소설의 문장을 필사했어요. 그런데 지금은 자연과 시간을 필사하는 저를 봅니다. 여름의 그늘에 앉아 길 건너의 건물과 나무를 그립니다. 건물을 중심으로 나무는 뒤가 아니라 앞에 그려지는 배경이었지요. 배경은 뒤를 전제로 하는 단어잖아요. 나무는 건물 앞에 있어도 배경처럼 그렸는데요 언제부턴가 나무를 그리기 위해 건물을 추가합니다. 나무를 보는 눈이 달라졌어요. 나무가 되어 그 자리에 서봅니다. 필사의 힘인가 싶네요. 아는 사람이 아니라 모르는 사람을 모르게 그립니다. 문장을 필사하던 손가락이 그린 그림 수첩을 자기 전에 넘기면서 짧게 필사된 시간을 봅니다.

꾸벅할 薆좌

비 내리는 일요일 오전, 종착역에서 출발하는 전철은 빈자리가 많아
요. 화장을 곱게 한 앞자리 여인이 휴대용 선풍기로 얼굴을 말립니다.
아무도 없는 방에 혼자 있는 것처럼 자유로워 보였어요. 그녀 샌들 옆
에는 물기가 흥건한 우산은 체크무늬 주름 결 따라 접혀 있네요. 승객
이 없어 빈자리가 길게 놓여 있어도 노약자석에 앉아 허리를 곧게 세
운 단정한 남자 어른에게 눈길이 갑니다. 옅은 살구 핑크가 적당히 섞
인 티셔츠가 잘 어울리십니다. 전철에서 만나는 인물들에게서 저를
봅니다. 저는 언제나 저의 자리를 알아내고 안절부절은 선반 위에 얹
어 놓을까나요.

부르는 소리 皐고

기차 여행 중 우연히 옆자리에 앉게 된 남자의 이야기를 들어주는 여자가 됩니다. 재미있는 설정이죠. 남자 목소리가 귀에 더 잘 들어오는 시기가 따로 있는지 누군가에게 물어보고 싶어요. 악기로 치면 슬프고 가늘게 흔들리는 해금에서 무게 있는 거문고로 갈아탄 느낌이요. 이러다 다시 해금을 찾을까요. 강의 내용 보다 목소리를 따라가니 몇 번을 되풀이로 들어도 남는 게 없는 겁니다. 우리 몸은 물이라서 이렇게 소리에 넘실거리겠죠. 책을 들고 문장을 읽으니 출렁거림이 가라앉고 있어요. 소리는 만질 수 없는데 글씨는 고스란히 남겨져 그런지요.

놀랄 驚경

도서관 계단을 내려가는데 남학생이 저를 알아보는 눈치였어요.
옆으로 길어지는 웃음과 신기하고 반가운 눈빛을 마주했지요. 기억은
아주 빠른 속도로 과거의 페이지를 정확하게 펼쳐 보입니다. 이쪽인
가 아님 저쪽이 아니라 말이죠. 초등학교 도서실 데스크가 높아 눈만
보였던 어린아이가 긴 다리로 계단을 두 칸씩 오르는 데 걸리는 시간
이 마법처럼 느껴졌어요. 눈앞의 얼굴과 기억의 페이지에서 나온 아
이는 방금 물어본 이름으로 일치하는 동안 제 동공이 얼마나 커졌는
지 짐작하시려나요. 내면에 불이 환하게 들어오는 순간이었어요. 이
렇게 대본에 없는 등장인물은 우리를 놀라게 합니다.

같을 如여

언니가 제 거울 앞에서 얼굴을 손바닥으로 펴는 걸 본 적이 있어요.
아이 첫 생일에 오신 시어머니도 제 거울을 보시며 언니와 똑같은 행
동을 하시더군요. 오랜 세월 편찮으셨던 친정 엄마는 거울을 피해 다
니셨거든요. 시집오니 동네 사람들이 몰려들어 구경을 왔던 어여쁜
새댁은 더 이상 거울 속에 살지 않았으니까요. 언니와 시어머니가 손
바닥으로 얼굴을 펴던 거울을 아침마다 보면서 저도 어느새 그러고
있는 겁니다. 손바닥을 아주 천천히 귀 쪽으로 쓸어 가면 제가 한때
하고 다니던 얼굴이 나타나고는 바로 지나갑니다. 젊은 시간은 주름
속에 접혀 있더군요. 애써 거울을 치워버리던 친정 엄마도 제 거울 안
에 살고 계십니다.

아낄 홈인

수제비로 점심을 먹었는데 어쩐지 쫓겨나는 느낌이었어요. 줄을 서고 순서를 기다렸던 즐거움은 식당 안으로 들어가니 소금을 뿌린 열무처럼 급하게 숨이 죽는 겁니다. 기다림이 식어버릴 겨를도 없이 뚝배기에 수제비가 나왔어요. 용서할 수 있을 정도로 덜 깔끔한 앞치마를 입고 손님과 눈을 맞추지 않는 아주머니들이 서빙을 합니다. 기계적인 분위기에서 식사를 하니 즐겁지 않더군요. 카운터에서는 화려한 인형 화장을 한 사장님이 계산이 밀려 눈인사도 못하시더군요. 인형이 만든 수제비를 먹고 나오는 듯했어요.

'수제비'를 먹으며 돌아가고 싶었던 어린 시절이 저녁의 냄새처럼 금방 사라졌어요.

나아갈 迪적

도서관에서 책을 읽다가 약속 시간으로 일어나면서 마저 보려고 빌려가지 않는 저를 봅니다. 그냥 책이 원래 있던 서가로 돌아가 꽂아놓더군요. 빈손으로 도서관을 나오면서 소설을 마저 읽지 않은 아쉬움이 없었어요. 제가 좋아 하는 작가의 소설이었는데 말이죠. 언제라도 그 서가 앞으로 가면 페이지를 열 수 있는 걸 이제야 알았나 싶어요. 아끼는 걸 제자리에 두고 나오는 발걸음이 가벼웠어요. 책 욕심으로 읽지도 않는 책을 사들이고 도서관에 가면 한꺼번에 여러 권 빌려와선 연체를 수없이 하던 제게 이런 변화가 생기네요. 들고 오지 않고 두고 오는 연습을 시작한 듯합니다.

소곤거릴 呢니

저에게 생애 첫 이사는 13살에 찾아옵니다. 도시계획으로 서울역 뒤 아버지 집이 헐리는 바람에. 한강을 건너 할아버지가 사셨던 낡은 기와집에서 결혼 전까지 살았지요. 전학을 하고 새 학교 운동장에서 솎아낸 코스모스를 13살 저는 작은 마당에 심었어요. 누가 시키지도 않았는데 말이죠. 그해 가을 늦도록 허리 보다 높이 자란 코스모스는 마당에서 흔들려 주었답니다. 태어난 집 그리고 친구들과 헤어지고 온 세상과 낯가림 중이었던 소녀가 오늘 아침 천변 코스모스에서 걸어 나옵니다. 소녀에게 무슨 말을 할지… 아니면 소녀가 제게 하고 싶은 말이 있는지… 저녁이면 알게 될까나요.

이야기 嘶新신

신발을 샀는데 신을 수가 없다는 전화가 왔어요. 물론 제 생각을 하신 게지요. 저는 재빨리 일요일이 비었다고 했어요. 구두를 핑계로 저를 부르시는 걸 알아요. 이 더위에 멀리 가기는 그렇고 집에 앉아 사는 이야기를 하시려는 게지요. 제 욕심은 따로 있어요. 새로운 문장이 번역기에서 나오는 걸 듣는 신선함을 잡으려는 거요. 그녀는 문학이나 그림과 다른 분야의 공부를 하시는데 영화에서처럼 다른 나라의 언어를 사용해도 결국 알아듣는 거요. 모르는 언어도 자꾸만 듣다 보면 뜻이 통한다지요.

그녀가 신으려고 산 새신을 신고 제개 어떤 길을 가게 되는지 궁금하신가요.

돌아갈 歸귀

귀걸이를 선물 받았어요. 디자인이 이국적이고 색감이 매력적입니다. 귀에 걸으니 낯선 나라에서 전학 온 친구와 옆자리에 앉은 기분입니다. 고등학교 졸업앨범을 찍었는데 제가 없어요. 담임선생님은 인실이랑 쌍둥이처럼 똑같아서 모르셨답니다. 키가 비슷한 짝꿍 인실이는 눈까풀이 얇고 제가 탐내던 죽은 깨도 있어 저랑은 닮았다고 생각해 본 적이 없었거든요. 저만 혼자 하복에서 춘추복으로 갈아입고 카메라 앞에 다시 섰어요. 남자 담임은 교복에 양갈래 머리 여학생들이 무리 지어 핀 개나리처럼 어지러웠을 겁니다. 이제 제 또래는 국화처럼 다 같아 보이겠죠. 국화 속에 핀 여름 꽃은 선명한대 새 귀걸이를 누가 먼저 알아볼까요.

아득할 藐막

집으로 돌아가는 저녁 7시에 시작되는 회의는 누구라도 부담이 됩니다. 다음날 일정이 세 개나 있으면 더 그래요. 매일 같이 전철에서 내려 버스로 환승을 했는데 하늘이 어두워지는 시간에 하는 회의는 무거워요. 오랫동안 저녁이면 귀소본능으로 안절부절못했어요. 이유를 찾다가 해 질 녘에 태어나서 그런 거로 마무리 지었죠. 저녁이 아니라 회의를 피하려면 마땅한 이유가 있어야 하는데 핑곗거리가 없어요. 이럴 때는 가끔 기다려봅니다. 회의 취소 문자를. 그런데 지금은 아니었어요. 어쩔 수 없이 끌려가나 했는데 금세 모니터링 하는 것으로 회의가 없다는 연락이 왔어요. 막다른 골목길에서 빠져나온 느낌입니다. 웃어도 되겠죠.

서로 相상

몸을 뒤로 하고 신발을 벗는 방법은 익숙하지 않지만 따라하게 됩니다. 집으로 돌아와 배운대로 신발 정리를 합니다. 매일 제가 읽는 책은 사람입니다. 그리고 그 사람이 머무는 공간이지요. 사람과 공간을 읽고 나서 책을 보면 공감의 영역이 넓어집니다. 저는 어려서부터 사람을 봤어요. 행간이 깊고 말로 하는 설명 보다 보여주는 이는 절판된 책처럼 귀하죠. 책이 없던 시절엔 하늘과 바람 그리고 나무와 새들의 지저귐을 읽었을 겁니다. 평생 '나' 라는 알지 못할 책을 읽으려면 우리는 얼마나 많은 사람과 책을 더 만나야 할까나요.

무성할 茸용

지금 바위를 뚫는 소리가 지독해요. 일요일 아침인가 의심스럽게 들립니다. 집안에 있는 창문을 몽땅 닫았지만 소용이 없어요. 강한 것을 깨기 위해 더 강력한 힘이 부딪치는 소리에 고통을 느낍니다. 도서관으로 가려던 준비를 더 서두르고 허겁지겁 피난을 떠나는 사람처럼 문을 닫았죠. 밖으로 나오니 깨고 부서지는 소리가 점령군처럼 포악하게 돌아다닙니다. 자동차 한 대 겨우 주차할 수 있는 시멘트 바닥을 뚫는 간단한 공사였어요. 면적으로 보아 금방 끝날 것 같더군요. 건널목을 뛰어 도서관 계단까지 따라붙는 지겨운 굉음이 도서관 문 안으로 들어가자 더 이상 들리지 않네요. 공사가 끝나면 자동차 경적과 사람들 떠드는 소리들이 다시 돌아오겠죠. 저도 조용해져서요.

104

받들 奉봉

지수네 아파트 앞에 있는 밭이 그제도 거칠고 황량했는데 예식을 앞두고 이발한 신랑처럼 깔끔했어요. 거름을 먹인 흙은 검게 기름지더군요. 제가 밭농사 경험이 있거든요. 아침에 그 밭을 지나가는 데 연두가 올라오고 있었어요. 가을 농사도 연두부터 시작되더군요. 봄에 씨를 뿌려야 풍요로운 가을이 약속된다는 가르침이 저는 힘들었어요. 이미 저는 가을에 피는 꽃의 목록을 알고 있었던 겁니다. 속이 꽉 찬 가을배추로 김장을 담가 봄이 와도 먹잖아요. 계절마다 꽃은 피고 씨앗도 심을 수 있어요. 시작은 해도 아름답지요.

끌어당길 抓과

아침으로 사과를 한 알 씻었습니다. 껍질 채로 먹으려고 좀 길게요. 과일가게에서 사과를 고를 땐 최선을 다하잖아요. 알이 굵고 달콤하게 맛이 든 사과의 얼굴을 유심히 살피죠, 저는 시골아이처럼 볼이 튼 사과를 보면 얼른 봉투에 담는 답니다. 집으로 들고 와 먹을 적엔 고르지 않고 손에 잡히는 데로 집어요. 말끔히 씻긴 사과를 반으로 자르니 꿀이라고 부르는 부분이 까맣게 죽었어요. 과육이 단단하여 칼로 자르면서 손아귀에 힘을 줘야 했거든요. 가장 달콤한 부분이 먼저 상하구나 하면서 피해 가며 먹었지요. 꿀은 기대하지도 않았는데 햇사과였으니 실망을 하면서요. 큼직한 사과를 먹다 남기게 될까 자신이 없었는데 저절로 양이 조절되더군요.

새 떼 지어 모일 雧잡

버스 안에서 떠오른 문장을 메모하려고 가방을 열었는데 그 많던 볼펜이 하나도 없는 겁니다. 수첩을 들고 다닌 건 얼마 전이죠. 수첩을 꺼내 손톱으로 문장을 씁니다. 오늘 저녁까지 수첩에 적은 내용이 살아있기를 바라면서 말이죠. 메모를 하면 찾아왔던 생각은 새장에 갇혀있는 새처럼 날아가지 않으니 안심하고 잊어요. 수첩에 적힌 단어는 불임으로 새로운 낱말을 만들지 못하더군요. 메모를 하지 않으면 어디론가 불려 가는 새를 안은 것처럼 마음이 문장에서 떠나질 않아요. 자꾸 문을 열고 들어오는 문장을 다 내보내야 합니다. 오늘 아쉬운 대로 손톱으로 문장을 쓰게 될 줄은 몰랐어요. 밤이 오면 행간을 읽듯이 오늘의 페이지를 넘겨보렵니다.

바꿀 換환

낮은 회향목 울타리 속에 샛노란 꽃이 피어있어 깜짝 놀랐어요. 혹시나 하고 만져보니 조화였어요. 예식장으로 드나드는 화환 중에 누가 한 송이 꽂아 놓은 거죠. 여자의 긴 머리를 귀 뒤로 넘기며 꽃을 달아주고 싶었던 남자였을까요. 다음날도 그 길을 지나가는 데 노란 꽃은 그대로 있더군요. 회향 목은 연두와 초록에 가까운 꽃이 피잖아요. 송이가 자그마한 꽃의 암술과 수술처럼 요. 노란 꽃으로 회향목은 횡재했어요. 꽃이 피어도 몰라보고 다른 행인들처럼 무심코 지나가던 저도 회향목을 향해 고개를 돌리잖아요. 햇살도 중요하지만 사람들의 눈길로 나무는 아기들처럼 빛나니까요. 밋밋하던 거리가 꽃 하나로 반짝합니다.

과녁을 맞힐 侃침

셔터를 내린 지하상가에서 여자들 웃음소리가 들리겠죠. 동그란 스펀지 방석 같은 입체 간판을 서너 걸음 뒤에서 뛰다가 점프하여 터치를 하는 겁니다. 청바지를 입은 여자 셋은 키가 도솔미로 솔이 먼저 농구 선수처럼 뛰더니 안정적으로 성공했어요. 솔은 여유롭게 도와 미를 향해 웃었죠. 도가 어깨를 돌리며 준비 운동을 했지만 목표물에 훨씬 못 미치고 말았어요. 지나가던 행인에서 저는 관객이 되었지요.
마지막 선수 미가 등장을 했어요. 승부욕이 전혀 없는 얼굴로 웃음을 쏟아내고 간판을 터치하려던 건 재미였으니 팔을 슬쩍 휘둘고 맙니다. 다음엔 제 순서잖아요. 침을 꿀꺽 삼키고 용기를 내보나 했는데 그녀들이 가버렸어요. 꿈이었나요.

빙 돌아 흐를 潆만

보도블록을 교체하는 인도를 걷게 되었어요. 자전거로 그 길을 오르려던 소년 둘은 다른 골목을 찾아 핸들을 돌립니다. 그들이 돌아가는 길을 알지만 공사구간이 짧아서 직진하기로 합니다. 왼쪽 편 자동차 도로와 경계가 되는 한 뼘 넓이를 밟으며 걷는데 위태롭더군요.
돌아가면 좋을 것을 굳이 바리케이드를 피하고 줄타기 곡예를 하면서 간신히 통과합니다. 뒤에서 달려온 버스가 어깨를 스칠 듯 위협하며 지나갑니다. 보도블록 교체 구간을 겨우 지나자 아까 보았던 자전거를 탄 소년 둘이 좁은 골목을 빠져나옵니다. 네 거리 신호등 앞에서 소년 둘은 좀 전처럼 활기차게, 저는 지쳐서 모였어요. 신호가 풀리면 서로 멀어지겠지만요.

잊을 忘망

천변 돌다리를 건너다 물에 빠졌어요. 해 질 무렵은 지구가 더 빨리 도는지, 그림자가 옅어져 저절로 주저앉았는지 모르겠어요. 한 발은 그래도 젖지 않아서 다행이더군요. 물먹은 구두에서 걸음마다 물소리가 따라 나왔어요. 물에 빠졌던 한 짝은 신을 적마다 밑창을 살펴보게 됩니다. 심하게 병치레를 했던 아이는 키우면서 자주 이마에 손을 올려 보잖아요. 구두는 한 켤레로 태어나서 같은 길을 걷게 됩니다.

그러나 저의 구두는 한 짝은 어쩌다 전혀 다른 경험을 하고 또다시 주어진 길을 함께 걸어갑니다. 일 년 지나 닳아버린 뒷 굽을 갈면서 밑창도 튼튼하게 덧대었지요. 이제 저만 잊으면 어느 쪽이 물에 빠졌는지 구두도 모를 겁니다.

물 떨어지는 소리 炸색

핸드폰을 손에 들고 고지서 두 장을 챙겼어요. 드로잉북과 색연필 주머니가 들어있는 가방에 어제 먹다 남긴 과자를 넣었어요. 저녁 수업 전까지 도서관에 있으려면 간식이 필요하거든요. 홍보용으로 나눠준 믹스커피도 한 개 집으며 종이컵을 찾는데 없겠죠. 머그잔은 무거워서 어쩌나 하다가 찬장을 열었는데 갸름한 유리 물병이 보입니다.

정수기 뜨거운 물을 조금씩 받아 믹스커피를 녹일 수 있겠더라고요. 저는 오늘 하루, 이 정도면 충분하겠어요. 점심시간에 공복이 찾아오면 도서관 정자에 앉아 비스킷을 조금씩 떼어먹을 겁니다. 나와 함께한 하루가 어땠는지 도중에 무슨 일이 생겼는지 식구 같은 밤이 오면 알겠죠.

신선 僊풍

버스에서 내려 언덕을 오르는데 뒤에서 안녕하세요? 하는 목소리가 들려왔어요. 고개를 돌려보니 저녁의 푸른 어둠 때문에 누군지 보이지 않더군요. 목소리 주인공이 제 앞을 달려 나아가며 또 인사를 합니다. 피터팬 같은 소년이 짧은 머리를 바람결에 치켜 날리며 저를 봅니다. 아는 아이인가 싶어서 몇 학년이냐고 물었더니 오 학년이라네요. 기분 좋은 일이 있어 보이는구나 했더니 네 하는 대답이 알밤처럼 굴러옵니다. 모르는 소년은 또 언덕에서 내려오는 사람들을 향해 인사를 합니다. 저녁의 요정은 남자였나요. 시들어 가는 저녁의 언덕은 금가루를 뿌리는 소년으로 반짝거립니다.

갖출 晐해

손님이 약속 시간보다 일찍 도착하면 덜 된 준비로 허겁지겁 문을 열잖아요. 반가운데 가까이 앉지 못하고 거리를 두고 서성거리고요. 어제와 오늘 아침 날씨가 그렇더군요. 낯선 나라에 도착한 여행자처럼 어떤 옷을 입어야 하는지 옷장을 열고 잠깐 멍하니 서 있었어요. 기온이 떨어진 아침에 나오면서 옷을 세 번이나 갈아입었답니다. 무심코 길을 가는 중에 갑자기 질문을 받으면 머릿속이 하얗게 되잖아요. 생각해 보면 날씨는 매일 같이 우리에게 질문을 합니다. 우리는 겨우 날씨가 좋은데 또는 어제와 비슷해하고 대답을 합니다. 날씨의 질문에 다른 대답을 하려면 우리는 하늘을 더 자주 올려 다 봐야 할까나요.

앞서 鄕향

아침으로 빵을 먹고 전철역을 향해 걸으면 도중에 만나게 되는 카페 앞을 그냥 지나치기 어려워요. 뜨거운 아메리카노 한 잔을 주문하고 의자에 앉아 창밖을 봅니다. 학생과 직장인이 지나간 거리에서 계절보다 일찍 피어난 가을꽃 같은 아침이 보입니다. 커피를 들고 사람들이 지나간 허공을 천천히 통과합니다. 도로에는 신발 자국이 남는데 얼굴과 팔과 다리가 수없이 스쳤던 허공에는 흔적이 없어요. 두 발로 거리를 걸으며 뿌리 없이 돌아다니는 바람을 알아보는 신비로운 순간을 만납니다. 바람이 가만히 있는 나뭇잎을 흔들어 길을 내고 있어요. 걸음을 멈추고 나뭇가지가 되어 식을 줄 모르는 커피를 마셨습니다.

아득할 沕물

저녁에 알바가 끝난 딸아이가 전화를 합니다. 바람이 너무 가을이라 울음이 나올 것 같답니다. 저도 긴 옷을 입고 새벽 천변을 걷는데 가을 냄새가 불어와 눈물이 날 뻔했거든요. 묶어 놓은 가을 보자기가 풀려 얼굴을 덮은 겁니다. 우리 모녀는 서로 그 기분 안다며 길어질 통화를 그만 짧게 끝냈어요. 가을이 처음도 아니면서 매년 신입생처럼 낯설어합니다. 작년에도 몇 번 울음의 고비를 넘겼어요. 차라리 울어버렸으면 어땠을까요. 딸아이가 느끼는 가을의 물감이 저와 같은데 처방을 내릴 수가 없네요. 슬픔은 멀리해야 하는 감정인데 사랑하여 사로잡혀 버리니 말이죠. 가을의 기척을 손바닥으로 가려 봅니다.

남을 勝승

도서관 앞자리 남자가 필통을 꺼냅니다. 네 귀퉁이에 구멍이 날 정도로 낡았어요. 얼마나 오래 썼는지 무늬가 닳아버린 지문 같아요. 배가 고픈 물고기 뱃가죽처럼 납작한 필통에서 샤프와 지우개가 나옵니다. 식구가 단출한 집안처럼 필통 속은 맑고 고요합니다. 샤프를 잡는 가늘고 하얀 손가락이 여리고 섬세해 보입니다. 지니고 있는 사물로 그 사람을 알아보는 경우가 있지요. 잡다한 필기구가 없는 그는 무소유에 가까워 보입니다. 목이 긴 그는 필요하지 않은 건 참아내지 못하는 성품일까요? 수도승처럼 자세가 곧은 그는 소리도 없이 책장을 넘기고 있습니다.

편안할 耳접

양지바른 무덤에서 다육이를 끊어왔어요. 휴지에 쌓인 것을 임시로 작은 접시 물에 담갔어요. 다육이를 접시에서 맑은 유리잔으로 옮겼지요. 실처럼 가느다란 하얀 뿌리를 내리기 시작했어요. 흙을 잊고 물 속에서 볼록하게 잘 자라고 있는 걸 매일 봅니다. 물에 빠져 있으면서 젖지 않은 잎을 엄지와 검지로 부러워합니다. 물의 양을 알아서 조절하는 능력은 타고나나 봅니다. 다육이를 무덤 주인에게 허락 없이 분양받고 스무날이 넘었어요. 어느 곳이라도 망설이지 않고 자라는 생명력과 분별하지 않는 아름다움이 특별합니다. 다육이가 풍성해지면 어느 무덤에 심어볼까 합니다. 가지를 떠나도 잘 살아내겠죠.

햇솜 縣면

뒤늦게 다가와 승차하려는 남자를 알아보지 못하고 외면하듯이 버스가 문을 닫았어요. 부드러운 곱슬머리가 제멋대로 인 남자는 머쓱한 얼굴로 버스를 봅니다. 거절당한 억울함이 없는 표정이 인상적이었어요. 짧은 순간의 일에 많은 의미를 부여하지 않는 간결함을 보았습니다. 매번 연결고리를 만들어 스스로 복잡한 지경에 이르고야 마는 저 같으면 손바닥으로 버스문을 두드려 태워달라고 했을 겁니다. 실력 있는 감독이 만든 영화의 한 장면을 본 것 같았어요. 이렇게 잘 된 영화를 보는 날이 드물기는 하지요. 떠나가는 버스와 사람을 잡고 싶은 건 출처를 모르는 불안 때문일지도 몰라요.

부를 招초

현관 앞에 택배 상자가 보여요. 작은 아이가 내놓은 반품을 인가?
외출 후 돌아오니 그대로 있어요. 뒤늦게 봤지만 제 앞으로 온 선물
이었어요. 박스를 열어 보니 향초 세트네요. 화장실이 습해서 늘 초를
켜뒀거든요. 뜨거운 물 잔을 손바닥으로 감싸면 영혼까지 따뜻해지
죠. 초를 밝히고 언제까지나 쫓아오던 마음의 물기까지 말릴 수 있었
습니다. 집안에 아무렇게나 굴러다니던 초는 그때 마다 유용했어요.
눈앞에 초가 보이지 않았다면 습기도 하염없이 견뎠을 겁니다.
그러면 마음도 내내 물에 젖은 수건처럼 무거웠겠죠. 가만히 보면 미
리 준비되어 있는 것이 많아요.

얕을 淺천

언덕 위 병원에서 흩어진 사람들이 버스 정류장으로 모입니다.
약봉투를 들고 있는 노인은 보호자 없이 혼자입니다. 버스는 으르렁
거리며 출발하지 못해 안달인데 노인은 불편한 다리로 천천히 다가옵
니다. 차비가 얼마냐고 물으니 버스 기사는 선심 쓰듯이 천오백 원이
라 합니다. 신호가 바뀌자 버스는 출발하니 앉으라고 다시 안달입니
다. 아직도 주머니를 뒤지며 차비를 꺼내고 있는데 들고 있는 만큼만
내라고 성화를 부립니다. 노인은 달라고 했던 차비를 다 내고 앉더니
신발을 벗고 맨말로 창밖 풍경을 봅니다. 진심으로 막 대하는 기사에
게 어떤 눈길도 보내지 않습니다. 제가 보기에 아픈 사람은 노인이 아
니라 버스기사였어요. 환부가 깊어요.

비탈 阪판

핸드폰은 집에 두고 저녁에 천변을 걸어요. 가오리연을 날리며 걸어오는 남자가 있어요. 연은 주로 설날에 날리는데 너무 반가워서 걸음을 멈추고 검푸른 바다 같은 하늘을 보았죠. 가오리연 하나로 가을 하늘은 금방 깊은 바다가 됩니다. 연을 날리는 남자는 먹으로 그린 뒷모습을 보이며 멀어집니다. 천변을 따라 걸으면 전에 살던 동네 놀이터가 나옵니다. 그네에 앉아 내 나이만큼 흔들리다가 순서처럼 마트로 갑니다. 이사 후 처음 들린 마트는 진열대 위치가 바뀌었더군요. 계란 한 판을 들고 나오니 어둠이 완전히 내려왔어요. 끈 떨어진 연처럼 천변에서 펄럭였는데 집으로 돌아오니 핸드폰은 조용했습니다.

숨을 匿익

가로수 그늘 아래 긴 벤치가 있어요. 손목이 앙상한 여자가 여름이 오기 전부터 하얀 개를 안고 있는 자리입니다. 개는 늙은 자식처럼 기운 없이 밋밋한 여자의 가슴께로 늘어져 있습니다. 볼이 깊게 파이고 짧은 머리가 부스스한 여자가 익숙해서 외면하고 다닙니다. 슬픔과 불안 그리고 체념이 가득 담긴 애잔한 눈빛이 저를 따라오는 날이 이어졌습니다. 거리에서 상관없는 사람들을 향하는 저 부담스러운 눈빛을 정작 자신은 모를 겁니다. 여자와 개가 없는 날에도 하루 중 가장 무심한 얼굴로 그 벤치 앞을 지나갑니다. 저런 애잔한 눈빛 다음에 무슨 일이 벌어지는지 알고 있기 때문입니다. 그 여자에게 이런 제가 보일까요.

그릇 皿명

연휴 기간 중 아주 빠른 걸음으로 상가 앞을 지나가고 있는데 아는 얼굴과 마주쳤어요. 순간 누군지 금방 떠오르지 않아 머뭇거렸는데 그 분은 자기 이름을 대면서 제가 알아보게 했어요. 우리는 지난 시간의 안부를 나누고 바뀐 전화번호까지 교환했습니다.

신석기를 지나 청동기에 드디어 한자가 만들어지잖아요. 우리가 알고 있는 이름 名은 저녁에 자기가 자신의 이름을 부르는 거라고 합니다. 지금도 해가 저물어 빛이 사라진 시간에 마주치는 사람이 누군지 몰라 두렵잖아요. 나의 이름을 밝혀 상대방을 안심 시키는 역사가 깁니다. 이름은 그릇이기도 해요. 우연한 만남을 통해 제가 어떤 그릇인지 가늠해 보았습니다.

빠질 차례

비가 내린다는 예보를 들었는데 이불을 세탁기 안에 넣더군요.
작은 세탁기 모터는 가엽게도 앓는 소리를 냅니다. 이러다 고장 나지
싶어 소매를 걷고 빨래 통 속에 손을 넣어 젖은 이불의 무게를 덜어
줍니다. 동생한테 이불 빨래를 시킨 것처럼 세탁기 앞에 서있게 됩니
다. 탈수된 이불을 볕 좋은 베란다에 널면 얼마나 좋겠어요. 이불 빨
래를 하는 날은 비가 내린다고 하더군요. 그런데 비 예보를 듣고 물에
넣은 거죠. 그와 같이 저는 가끔 자신을 망치는 말을 하고 후회를 하
더군요. 회복 기간 동안 누구도 만날 수가 없어 잠수를 탑니다.
민망한 순간으로 돌아가 다시는 그러지 말자고 다짐도 하지요.
염려했던 비는 잠시 내리고 그쳤답니다.

입 벌릴 ㄴ감

집을 나와 왼쪽으로 향하면 감나무가 보입니다. 여름날 늘 그 자리를 지키던 초록의 나무한테 말을 걸어본 적이 없어요. 열매가 열리자 다정한 마음이 생겨나 축하 인사차 감나무 그늘 아래로 들어갑니다.

끝이 뾰족한 대봉감이 한 가지에 서너 개씩 달렸더군요. 봄바람에 가볍게 손목을 흔들었던 가지가 드디어 고귀한 신분을 드러냅니다.

연두와 주황은 서로에게 섞여 감을 물들이고 있어요. 손을 뻗어 쉽게 딸 수 있는 매끈한 감은 유혹적이네요. 시선을 끌지 못하던 나무의 변신이 눈부셔 사진을 찍게 됩니다. 크기가 일정한 감은 반짝반짝 빛이 납니다. 차별 없이 골고루 먹이는 유모처럼 열매를 키워낸 감나무를 쓰다듬어 봅니다.

나아갈 就취

도장을 열 번 받은 쿠폰은 오래 읽은 시집처럼 귀가 낡았네요.
카페는 버스 정류장 앞에 있어 지나가기만 했지 들어가 앉은 적이 없
는데 저 혼자 낯익어합니다. 엄마 쓰라고 건네준 쿠폰을 긴 코트 주머
니에 넣고 오전의 카페 문을 열었어요. 가짜 돈을 믿고 구멍가게에서
사탕을 고르는 아이가 됩니다. 직원에게 미안한 마음으로 무료 초대
권을 보이니 머그잔 가득 뜨거운 커피가 나왔어요. 저는 마트나 서점,
빵집 어디에서도 적립을 하지 않아요. 귀찮기도 하지만 사소한 단맛
에 길들여지고 묶이는 거 조심하거든요. 그물을 빠져나오는 물고기처
럼 살고 싶은데 딸이 던진 미끼라서 우선 삼키고 봅니다.

두 갈래 강 秌추

열한 살에 맹장수술을 받았는데 추석이었어요. 골목시장에서 엄마는 앓고 난 저에게 감색 원피스와 베이지색 스타킹을 추석빔으로 사다 주셨지요. 성당 옆 병원에서 몸에 꼭 맞는 원피스를 입었는데 키가 훌쩍 커 다른 사람이 된 것 같았어요. 동네에서 제일 잘 나가는 줄넘기 선수였는데 수술 후 바로 뛸 수가 없어 한동안 얌전히 앉아 있을 밖에요. 금세 작아진 그 원피스는 새것인 채로 서랍장에 오래 있었습니다. 친구와 줄넘기, 그리고 원피스도 사라졌는데 맹장수술 자리만 남아 만져봅니다. 가을에 한 번씩 맞이하는 추석은 징검다리가 되어 옛날이 돌아오게 하고 있습니다.

3장

연을 보내다

창 窓창

들창으로 바람이 들어오는 카페에 혼자 앉아 있어요. 들창은 싱글 침대만하고 위에서 내려진 화분이 피아노 건반 같아요. 야외 스크린처럼 만들어진 화면으로 빨간 오토바이가 지나갔고 띄엄띄엄 다양한 인물들이 오갑니다. 정지된 카메라가 찍은 장면을 롱샷이라고 하지요. 클로즈업 보다 롱샷을 자주 쓰는 감독은 관객에게 좀 너그러운 것 같아요. 개입을 최소화 하고 관객을 화면 속으로 들어가게 해요. 들창 앞에서 관찰자 시점을 즐기고 있어요. 대상을 구속하지 않음은 힘든 일이지요. 정지된 카메라처럼 앉아 있으면 강물 같은 나의 흐름이 보입니다. 제가 이 카페에서 나가는 것으로 짧은 필름은 끊기겠죠.

어렴풋할 偎외

비탈에 선 해바라기, 가을을 타는 여자처럼 고개만 외로 꼬고 있습니다. 흐린 하늘에서 슬픔이 줄을 타고 내려온 것 같아요. 예기치 않게 남의 집 창문으로 비밀의 현장을 목도한 기분이 들었어요. 식물은 걸칠 옷이 없으니 날씨의 변화에 예민한 반응을 보입니다. 반팔 여름 원피스 위에 안감이 있는 긴 코트를 걸쳤어요. 성향이 다른 두 사람과 여행을 하는 도중입니다. 두 계절의 경계를 오가며 체온은 조율을 시도합니다. 해바라기처럼 한 사람만 사랑하는 일은 변덕스러운 날씨를 잡아두는 것처럼 어렵겠죠. 한결같지 않은 마음의 변화가 당연하다는 생각도 듭니다. 오랜만에 만난 친구가 변했네 하면 웃어야겠어요.

건널 涉섭

모델 하우스 앞을 하루에 한두 번은 지나갑니다. 아파트 홍보용 물티슈를 손에 쥐어주며 끌어당기는 아주머니가 있어요. 챙이 넓은 모자와 등산용 토시로 무장을 하고 행인을 향해 전단지를 내미는 자세가 확고해요. 저는 매번 멀리서부터 미끼를 비켜가는 걸음을 걸어요.
홍보용 음악 소리에 모델 하우스 외벽을 장식하는 만국기가 흔들립니다. 어느 날부터 모델 하우스 앞을 지나가도 전단지를 주지 않는 겁니다. 드디어 제가 동네 주민이란 걸 알아 버린 거죠. 알게 되면 몰라서 하던 헛손질도 자연스럽게 멈추지요. 새로 생긴 그물을 간섭 없이 통과하니 자유롭네요. 곧 다른 그물이 나타나겠지만요.

새끼 崽새

새벽에 일어나 핸드폰에 저장된 사진을 정리하다가 작년 구월에 큰 딸이 찍어놓은 풍경을 보게 되었습니다. 길고양이가 깨진 보도블록을 지나가고 학교에서 가방을 메고 돌아오는 초등학교 아이 셋의 뒷모습이 나옵니다. 재개발을 기다리는 동네는 이사 날짜를 받아 둔 자취생 책장처럼 어지럽습니다. 허름한 골목 깨진 담장 틈에서 올라오는 잡초들. 아무렇게나 놓인 빛바랜 간이 의자와 거울. 의미 없어 보이는 그 사진들을 삭제하려는 데 거울 속에 딸이 보입니다. 먼 나라에서 오랜만에 돌아온 딸아이는 다시 떠나기 전에 엄마가 지나다니는 길목에서 어루만지듯이 동네를 찍었더군요.

재잘거릴 喃남

건널목 파란 숫자가 다급하게 줄어들고 있는데 단발머리 여자 아이가 마저 건너지 않고 뒤를 돌아봅니다. 무릎이 휘어버린 할머니가 건널목 가운데를 힘겹게 지나고 있습니다. 아이는 할머니에게 나비처럼 다가가 손을 잡아 이끌어 줍니다. 서두르는 기색이 없어요. 바뀐 빨간 신호 앞에서 자동차도 재촉하지 않았습니다. 길을 건너간 아이는 또다시 뛰어갔다가 할머니에게 돌아오기를 반복합니다. 속도를 맞춰 같이 걷다가 고무줄놀이 하듯이 할머니로부터 당겨졌다 멀어지는 명랑함이 좋았어요. 서로 애지중지하는 하는 걸 민들레 홀씨처럼 퍼트리고 있더군요. 누구와 익숙한 관계라면 아이처럼 놀아도 좋겠지요.

언덕 위에서 만날 隐념

서툰 편지와 함께 빼빼로를 받았어요. 빼빼로 데이는 토요일로 만날 수 없으니 미리 준다면서요. 아껴 모은 용돈을 손에 쥐고 마트에 가서 빼빼로를 고르고 책상에 앉아 편지를 쓰는 건 쉽지 않은 일이죠, 제가 그걸 받자니 이래도 되나 싶어서요. 일주일에 겨우 한 번 저를 만나는 수업 시간에 깜빡하지 않고 알뜰히 챙겨 와야 하는데 그 귀한 마음을요. 가을 단풍이 봄부터 시작해서 어떻게 물들었는지, 책은 또 어떤 과정으로 만들어지는지 찬찬히 음미하고 있습니다. 과속 주행에서 감속 구간으로 들어선 느낌입니다. 영화를 보다가 전화를 받고 오면 놓친 부분이 있잖아요. 화면 안에 말없이 가득했던 의미가 보여요. 이제.

달아날 健달

언니는 그해 결혼을 했어요. 저를 찾는 전화가 왔는데 언니랑 이름이 비슷하니 시집을 갔다고 했겠지요. 어제도 만나 차를 마신 사람이 하루아침에 배신을 한 거죠. 오해는 금방 풀렸지만 저를 알던 그가 얼마나 많은 생각으로 복잡했을지 짐작이 갑니다. 제가 실수로 수업하는 아이들 이름을 바꿔 부르면 난리가 나죠. 목숨을 걸고 핏대를 세우면서 자기 이름을 끝까지 고집하는 아이도 있어요. 이름이 중요하다는 걸 어쩌면 그렇게도 잘 아는지 신기합니다. 어리기 때문에 이름이 바뀌면 자기가 사라질까 두려워하는 게지요. 살다 보면 다른 이름이 필요할 때도 있는데 말이죠. 이름을 바꾸면 세상이 달라지려나요.

주울 拾습

줄을 서서 기다려 먹는 맛 집 옆에는 한가한 식당이 있어요. 저는 아주 가끔 그런 식당으로 들어가 밥을 먹는 답니다. 역시나 맛이 별로인 경우도 있지만 들어오길 잘했어할 만큼 맛이 좋아 다음에는 친구들과 몰려갑니다. 그런데 식당 간판과 주인이 바뀌는 때도 더러 있어요. 옆집에 밀려 고전을 하다가 손을 들고나가는 게지요. 남의 일이라 금방 잊을 거면서 마음이 짠합니다. 세상은 제게 책이라서 오늘 읽은 문장이 어둡네 할 수밖에요. 저자는 따로 있으니 독자로서 무슨 개입을 하겠어요. 도서관 서가에는 책이 많은데 다른 이들과 달리 그 책을 선택하고야 마는 저의 안목만 있을 뿐이죠.

고리 環환

지하상가 입구에 저와 같이 이 도시에서 늙어가는 여자가 있어요. 마른 몸매, 인디언 족장처럼 광대가 드러난 검은 얼굴 위로 반백의 머리카락이 휘날립니다. 노숙 생활을 오래 한 그녀의 눈동자는 야생 동물처럼 멀고 쓸쓸합니다. 중간을 넘은 키로 겹쳐 입은 옷이 남루하지만 잘 어울립니다. 지나가는 사람이 아무리 많아도 그 여자를 금방 알아챕니다. 그럼 가슴이 벌렁거려서 저로부터 도망치듯이 걸음을 재촉합니다. 일렁이는 거울 앞에 서면 꿈결처럼 기이한 자기와 마주하는데 그런 느낌이 들거든요. 그녀가 저인 것만 같아서 안 보이면 궁금한데요 그럴 때면 꼭 제 곁을 스르륵 지나가는 겁니다. 그녀는 어쩌면 제가 만든 환영인지도 모르겠어요.

황홀할 恍惚

겨울나무 빈가지에 봄이 되어 꽃이 피면 그제야 나무의 이름을 알아봅니다. 꽃을 보려 저절로 나무 앞으로 걸어갑니다. 그러던 나무를 겨울엔 그냥 스쳐 지나갔지요. 단풍이 들면 다시 나무를 알아봅니다.

자꾸 나무가 좋아져서 나무만 봅니다. 이랬다 저랬다 하는 저 자신이 참 변덕스럽구나 생각하지만 나무 쪽에서 보면 관심을 덜 받고 쉬는 시간도 필요하겠어요. 누구라도 고요한 시간은 필수잖아요. 나무는 주인공이 되었다가 다시 배경으로 조용히 숨 쉬고 있습니다.

지금은 연두에서 노란 불꽃이 되어버린 은행나무가 저를 사로잡고 있어요. 노란 그림자 속으로 걸어 들어가 나무의 배경이 되어 보렵니다. 짧은 가을이니.

그림 畵화

골목길에서 꽃수레를 만났어요. 리어카 손잡이만 제외하고 작은 꽃 화분들이 옹기종기 실려 있습니다. 골목집에서 나온 아주머니들이 기다렸다는 듯이 꽃수레로 모여듭니다. 화분이 다 예뻐서 어떤 걸 집을지 몰라 망설이는 손길이 어여쁘더군요. 꽃을 파는 아저씨 얼굴이 활짝 피었습니다. 빈손으로 나오면 꼭 이런다니까요. 돈이 없으니 욕심이 사라져 오히려 꽃만 선명하게 제대로 보입니다. 꽃수레가 움직이니 자동으로 배경이 바뀌는 그림책이 됩니다. 어쩌면 꽃 아저씨가 떠나고 싶은 화분들에게 세상 구경을 시키고 있는지도 모릅니다. 나도 같이 하루 종일 나비처럼 꽃수레를 따라다닐까 하는 꿈을 꿉니다.

젖을 涵함

내려오는 계단에서 이층 할머니와 마주쳤어요. 비가 온다네 하십니다. 요 앞 도서관에 가니 맞고 오고 줘 뭐, 그러고 돌아섰는데 잘 다녀오세요 하십니다. 급히 몸을 돌려 허리 굽혔습니다. 강물 같은 계단을 내려가면 이층 할머니가 문득 문을 열고 나오십니다. 사패산에서 구름을 보는 것처럼 우리는 인사를 합니다. 새집으로 이사 와서 서로에 대한 정보를 모릅니다. 밝음도 어둠도 없는 관계가 새롭습니다.

비가 오다 말았는지 보도블록에 물기가 남아 있어요. 갑자기 비가 내리면 당장 우산을 사더니 이제는 어디 건물 처마 밑에서 그치기를 기다립니다. 우연히 만난 이웃을 근심 없이 바라봅니다.

근본 本본

연고를 찾으며 서랍마다 하나씩 여는데 오래된 아버지 사진이 나옵니다. 막내딸을 시집보내고 예식장에서 돌아온 사진 속 아버지 눈에 슬픔이 고여 있습니다. 아버지 돌아가시고 첫 대면이었습니다. 얼굴에 상처가 생기자 느닷없이 만나는 나의 근본입니다. 아버지 사진을 거울 앞에 붙입니다. 거울 속에는 엄마였을 내가 있습니다. 우리는 이렇게 거울을 두고 셋이 모였습니다. 늘 엄마랑 둘이면서 서랍 속의 아버지를 생각하지 않았어요. 엄마를 그리워하고 엄마 없는 나를 가여워하느라고 아버지는 잊고 살은 거죠. 다시 셋이 만날 줄은 몰랐어요. 상처가 나서 진물이 흐르고 새살이 돋는 시간이 우리에게도 필요했어요.

얻을 得득

버스가 출발하자 청년이 운전석으로 다가와 길을 묻는데 정중함이 있어요. 제자가 스승을 모시는 태도였어요. 질문을 하고 공손히 낮은 자세로 귀를 기울입니다. 길을 알려주는 쪽도 부드럽고 친절합니다. 승객이 어디로 가려고 하는지 잘 듣고 있어요. 진실로 아는 걸 말하는 사람은 부드러워요. 길을 아는 사람이 도인이죠. 청년의 불안이 사라지고 평온아 빛처럼 스쳤어요. 하나의 길을 얻은 청년은 얼굴이 환해져서 자기 자리로 돌아갑니다. 버스는 환승이 편리하고 도중에 내리고 타는 것이 자유롭잖아요. 사람 풍경을 싣고 달리는 버스에서 이야기 하나 얻어 갑니다. 내일도 버스는 오겠지요.

홀로 갈 踽우

주차장 바에 걸려 넘어져서 얼굴이 긁혔어요. 광대뼈가 쓰라려 길 건너 약국으로 바로 갔어요. 약사가 상처를 보더니 항생제가 들어간 연고를 주더군요. 버스 맨 앞자리에 앉아 얼굴을 대충 쓸어내리고 손짐작으로 발랐어요. 연고 위로 금방 진물이 흐르더군요. 바닥에 얼굴을 찧고 가방을 놓치고 하는 걸 슬로우로 다 알겠는데 브레이크가 없는 자전거처럼 멈출 수 없었어요. 나뒹굴다 하늘을 보고 드러누웠는데 바로 일어나지 않았습니다. 저녁인지 새벽인지 모를 바다색 푸른 하늘이 문제였어요. 하늘이 이러면 비현실적인 걸음을 걷게 됩니다. 꿈속에서처럼 허공으로 발을 내딛는 거 같아요.

도르래 轆록

외가로 가는 철로는 단선으로 상행선을 만나면 정차 중인 역에서 기다렸지요. 마주 달려오던 기차는 바람으로 문지른 초록처럼 지나갔어요. 제가 타고 있던 기차는 바로 출발하지 않고 더 지체하다가 상행선이 달려왔던 철길로 나아갑니다. 쇠바퀴와의 마찰로 고단한 철로를 잠시라도 쉬게 하려는 거 같았어요. 쇠바퀴가 굉장한 속도로
지나갔던 철로는 방금 다른 방향에서 달려오는 기차를 감당하기 어렵겠지요. 하행선은 잔기침을 여러 번 하듯이 천천히 출발합니다.
지나가버린 기차를 향하던 풍경이 뒤돌아섭니다. 여름은 외가를 잘 알고 있습니다. 기차를 끌고 저를 기다리는 무릎 앞으로 데려다줍니다.

헹굴 涑속

겨울 이야기 하나 들어볼까요. 스물일곱이었는데 아이 하나는 포대기로 업고 큰애 손을 잡고 재래시장으로 갔답니다. 어린아이 둘을 혼자 감당하려니 잃어버리면 어쩌나 겁이 났다네요. 무사히 장을 보고 분식집으로 가는 길에 아는 사람을 보았답니다. 연애를 했던 남자와 눈이 마주쳤는데 장을 보러 나선 자기 모습이 구질구질하고 민망하여 도망치듯 뒤돌아 마구 걸어갔답니다. 지금도 얼굴이 화끈거리는 기억으로 당분간 외출을 끊었다고 합니다. 화장도 하고 멋진 모습으로 다시 만나 자존심을 회복할 기회는 오지 않았다고 해요. 시간이 흘러 큰애 손을 잡고 분식집 앞에서 그 남자와 마주친 순간을 혼잣말처럼 중얼거렸답니다.

마음 급할 ㅕ검

털이 짧은 검정개가 트럭에 실려 갑니다. 눈발은 흩날리는데. 철물점 앞에서 시동을 건 트럭은 도로 진입 걸림 턱에서 마구 요동칩니다. 강아지는 중심을 잃어버리고 허둥거립니다. 애완견이었다면 조수석에 태웠겠지요. 예감은 어두운 길을 만듭니다. 버스 맨 앞자리에 앉아서 본 아름다운 눈 오는 날의 풍경에 먹물처럼 끼어든 화면이었습니다. 뭔가를 훔쳐서 달아나는 트럭 같았어요. 어제의 피곤으로 눈을 감고 있었다면 모르고 지나갔을 겁니다. 집에 도착하기 전에 눈은 그쳤는데 하루 종일 트럭과 검정개가 따라왔습니다. 왜 그런 장면을 목격하게 되었는지 생각하지 않을 수 없었습니다.

별안간 달아날 趨굴

겨울 인사동에서 자주색 옥반지를 봤어요. 저의 첫 옥 반지는 후배가 빌려 주었더랬어요. 페르시아 여인처럼 눈이 깊고 윤곽이 뚜렷했던 반지의 주인의 얼굴이 단박에 떠오릅니다. 옥반지가 흔하지 않던 시절이었는데 저에게 그냥 줄 수는 없었고 끼고 있으라 했어요. 제 손에 잘 어울렸지만 당연히 불안했지요. 어느 꽃나무 아래에서 그 후배가 보는 앞에서 곁자리 친구에게 반지를 벗어주다가 그만 떨어트려 깨지고 말았어요. 똑같은 것을 찾았지만 없었지요. 제가 옥반지에 무조건 끌리는 이유 하나 알았네요. 빛은 기억력도 좋지만 아무리 멀어도 돌아오는 방법을 알고 있습니다.

윤택하게 할 洽흡

작은 아이가 사준 워커를 신고 넘어질 뻔했어요.

이번에 계단에서 구르면 병원으로 직행이거든요. 사실 저는 뛰어다니기 선수였어요. 머리카락을 날리며 날렵하게 뛰는 즐거움에 사로잡혀 있었지요. 평소에 호흡이 느린 편이라 가끔씩 숨이 차오르도록 달렸답니다. 동네만 살금살금 주행하는 자동차는 한 번씩 고속도로를 질주시키잖아요. 최대치로 달려줘야 기계의 성능이 유지된다고요.

저의 달리기는 어떻게 해서든 균형을 유지하려던 본능이었어요.

풍선하나 제대로 불 수 없는 폐활량으로 호흡이 빈약했으니까요.

자꾸 넘어지는 건 멈추라는 신호겠죠.

옛 그릇 囫홀

아버지는 고양이와 새를 아끼셨어요. 둘 다 자식처럼 아버지를 귀찮게 하지 않았거든요. 새장을 안방에 들여놓고 홀로 예뻐하셨죠. 외출하시면서 새 모이 거르지 말라고 신신당부하시면 건성으로 대답했어요. 고양이는 자꾸 어디론가 사라지니까 나중에 포기하시더라고요. 남동생을 잃고 아버지는 새장을 들고 오셨나 봅니다. 실수로 열어놓은 문으로 날아가지 않는 새를 아버지는 기특해하셨지요. 저는 그때 새를 놓아주고 싶어서 안달이 났는데 말이죠. 부모로부터 달아나려는 자식의 본능이 제게도 있었으니까요. 미리 발버둥 치지 않아도 그런 날은 오는데 참을 수 없었던 이유 뭘까요.

꿩 같고 푸른 새 鷄돌

경전철을 타러 가려는 길이 끝나는 지점에서 왼쪽으로 커브를 돌자
가발 가게는 있습니다. 갑자기 외국의 어느 뒷골목으로 들어선 느낌
을 주지요. 걸음을 멈추고 쇼윈도 앞에 섰어요. 출입문이 어쩐지 가짜
일 것만 같아요. 가발을 쓰고 있는 마네킹은 먼 우주에서 도착한 여인
처럼 보입니다. 사돈 언니가 단발머리 가발을 쓰고 놀러 온 적이 있어
요. 그녀가 화장을 지우면서 벗어둔 가발은 빛나는 가면이었어요.
그 후 마흔의 사돈 언니에게 옷을 배우게 되어 다시 만났답니다.
청춘을 아낌없이 다 쏟아붓고 풀려난 얼굴을 하고 있더군요.
가발 하나쯤 심플하게 가방에 넣고 다니던 그녀를 배우지 못했어요.
이제라도 가발 하나 살까요.

un

뜨개질이나 좀 하던 손재주로 옷 만드는 기술을 배우러 다녔지요.
자기 옷은 스스로 만들어 입어야 하지 않을까 하는 아주 기초적인 생각을 했어요. 먼 옛날엔 그랬을 테니까요. 재봉틀로 직선 박음질을 하는 것이 제일 어려웠어요. 옷감에 초크로 선을 그어 박아도 삐뚤어지는 겁니다. 자로 그은 듯이 바느질 땀수가 나오도록 여러 번 뜯길 반복 했지요. 지퍼를 달거나 하는 다음 단계는커녕 제자리걸음이었어요. 새로 떠온 옷감이 닳아 버리게 생겼어요. 그래서 저는 저랑 타협을 했지요. 바느질이 한 땀 삐뚤어도 옷 만드는데 지장이 없다고.
멀어져서 보면 귀신도 몰라요. 사소한 것에 목숨을 걸던 시절이었죠.

황금 薑탕

엄마랑 이모 이렇게 셋이 걸어가던 그녀와 마주쳤습니다. 뒤로 해 질 녘 붉은 구름 꽃이 배경입니다. 예기치 못한 만남은 졸지에 받은 마이크 같아 웃어 보이기만 했어요. 이모는 몰라도 나이 들수록 엄마랑 똑 닮아가는 그녀입니다. 생강을 사려고 출구를 일부러 돌았더니 이런 순간이 기다렸네요. 햇 생강 껍질은 벗길 필요도 없더군요. 흙을 씻어 대추를 넉넉히 넣고 끓였습니다. 생강차를 머그잔 가득 혼자 마시며 좀 전에 만났던 그녀들을 생각합니다. 설탕이나 꿀을 넣지 않아도 달콤하고 매큰한 맛이 그녀들 사이에서 따스하게 흐르던 걸 알 수 있었습니다.

고양이 꼬리 같은 목도리를 주웠어요. 매끈한 단감을 들고 말이죠. 꼬리에 붙어 있는 부서진 낙엽을 흔들어 털어냈어요. 단감이 무겁기도 하고 그냥 지나치려는데 언젠가 이맘때 목도리를 잃어버린 기억이 났어요. 먼 나라 인도에서 온 먹색 목도리를 말이죠. 인도에서 온 먹색 목도리는 저의 꼬리였을까요. 목 보다 마음이 시려 왔던 길을 다시 돌아갔지만 찾을 수 없었어요. 단감을 먹으며 피아노 위에 올려놓은 고양이 꼬리를 봅니다. 목도리를 잃어버린 사람도 저처럼 허전하겠지요. 날이 밝으면 꼬리 같은 목도리를 주웠던 그 자리에 내려놓아야 할 거 같아요.

싱긋 웃을 嫣언

지니는 생수와 세안제를 사다 놓습니다. 한 달 넘게 언니에게 다녀오는 동안 엄마인 제게 필요한 것들입니다. 먼 길을 떠나면서 저를 위해 준비하는 건 특별한 것이 아니었어요. 자기가 하던 일을 하고 가는 겁니다. 생수가 떨어지면 지니가 없구나 하고 느낄 엄마를 위해서 말이죠. 서로의 빈자리를 최소화하고 있는 중입니다. 언젠가 찾아올 엄마가 없는 영원한 부재를 위해 사자처럼 딸들을 키웠어요. 저에게 사자란 고요한 자존과 빛나는 자유입니다. 이제 제가 사자가 되어 살아갈 한 달이 다가오고 있습니다. 혼자가 되어 내가 나를 즉면 할 수 있는 귀한 시간이 말이죠.

거칠 藾보

좋아 보이는 사람과 좋은 사람이 있어요. 첫 대면으로 좋아 보이는 사람을 좋은 사람이라고 착각을 하게 됩니다. 그들은 좋아 보이는 사람이 목표니까 좋은 사람이 되려고 하지 않더군요. 오래된 관계에서도 변함없이 그대로 밀고 갑니다. 넉넉한 웃음과 풍만한 몸매는 늘 좋아 보이는 사람이게 합니다. 누군가에게 관심을 보이고 대화를 주도하지만 그의 목소리를 들으면 영양가 없는 밥을 먹은 것처럼 허기가 밀려옵니다. 자신의 것을 조금도 내어주지 않는 치밀함이 저를 차갑게 자극합니다. 좋은 사람을 알아보려면 우선 좋은 사람이 되어야겠지요.

높이 부는 바람 飂료

노란 장미 꽃다발을 갑작스레 받았어요. 집 앞에서 샀다니까 전철을 타고 수많은 계단을 오르는 동안 그녀는 노란 장미를 안고 온 거죠. 저를 만나러 오면서 그냥 노란 장미가 사고 싶어 졌답니다. 내일은 캄보디아로 여행 간다면서요. 가슴에 불이 켜지도록 환한 노란 장미를 무릎에 올려놓고 한 잔 했어요. 금방 취하던 걸요. 시를 쓰는 그녀에게 꽃이란 누구에게 주려고 가고 있는 순간입니다. 캄보디아는 꽃을 든 그녀를 기다리고 있겠지요. 지금 밖엔 비 내려 안개가 아득하게 풀려 있습니다. 안개가 물러가면 꽃의 순간은 더 흐드러지겠죠. 겨울이 지만요

잇몸 斷은

길바닥에서 은행을 까서 파는 노인을 보았습니다. 어제 내린 눈이 녹아 보행로는 질척거렸는데요. 처마와 간판에서 떨어지는 낙수를 피하려는 사람들로 어수선한 풍경 속에서 잡혔습니다. 노인은 고요히 앉아 뼈만 남은 손가락으로 은행을 쉼 없이 까고 있습니다. 한 봉지에 오천 원이라고 종이박스를 잘라 써 놓았어요. 지갑에는 현금이 없어요. 보름 전에 만든 카드로 신호등 넘어 농협에서 현금을 찾아왔어요. 은행과 잔돈을 주고받으며 주름이 가득한 노인의 얼굴을 보았습니다. 겨울 고목이 아가처럼 웃어 줍니다. 저는 웃지 않고 그 자리를 떴습니다.

맛 좋은 물 洁길

딸들이 다닌 초등학교엔 호수가 비밀처럼 숨어 있었지요. 작은 아이도 입학하자 드디어 운전을 배웠어요. 스쿨버스는 집집마다 돌고 도는 바람에 아이들 길눈은 밝아졌지만 너무 지치게 하더군요. 초보 운전으로 겨우 도착한 학교에서 딸들은 교실로 저는 호수 쪽으로 걸었습니다. 좋아하는 사람을 만나기 전에 마음이 떨리잖아요. 호수로 가는 길이 그랬어요. 바위산이 감춰둔 아름답고 커다란 눈동자를 아침마다 보는 건 기쁨이었죠. 신비한 호수를 돌면서 저는 단단히 팔짱을 끼고 말았습니다. 스스로 잡지 않으면 빠지겠더군요. 한 마리 새가 되어 호수 주변을 선회하면서 딸들을 기다렸어요. 지금처럼.

저녁 밥 湌손

분수대 앞에서 저녁 일곱 시에 그와 만나기로 했어요. 가벼운 송년회가 있어서요. 분수대 주변으로 사람들이 모였거든요. 썰렁한 분수대 앞에서 내가 기다리는 그는 어떤 모습으로 나타나는지 궁금했어요. 어느 쪽에서 오는지 몰라 카메라가 돌듯이 방향을 전환하며 서 있었지요. 오늘따라 모자까지 쓰고 있어서 못 알아보면 어쩌나 하는 마음으로 기다렸습니다. 그를 제가 먼저 알아보는 수밖에 없는데 시력이 나빠 어두워질수록 긴장하게 되더군요. 그런데요 저쪽 멀리서 저를 향해 손짓을 하는 사람이 있겠죠. 그가 알아보게 저는 무엇을 흔들어 보였을까나요.

밝을 晰석

버스 앞 좌석에 앉아 있는데 뒤에서 내리려는 사람이 벨을 누르고 손을 거두다가 제 머리를 탁 쳤어요. 순간 아프지 않았는데 기분이 확 나빠지더군요. 물론 미안하다는 인사도 받았어요. 고의로 한 행동이 아니란 걸 너무 잘 알고 있는데 말이죠. 이런 감정은 어디서 시작되었는지 곰곰이 따져보았어요. 마음 보다 몸이 먼저 반응했구나, 그래서 마음엔 상처가 없구나. 버스에서 내릴 정류장이 되었어요. 나빴던 기분은 어느새 눈 녹듯이 사라졌구요. 몸은 누가 때렸나에 집중하는 것이 아니라 맞은 자신을 보는 겁니다. 마음에 상처를 받으면 상대를 죽도록 기억하잖아요. 몸과 마음은 이렇게 다르네요.

<h1 style="text-align:center">디딤돌 碼편</h1>

열여섯 여진이에게 단편소설을 읽혔어요. 주인공이 혼자 있을 때와 여러 사람과 관계 속에서 다른 행동을 보이는 건 어떻게 이해를 해야 하는지 묻습니다. 인물의 변화는 대부분 사건으로 알게 됩니다.
사건을 해결하는 방법이나 반응으로 짐작할 수 있는 것이 많으니까요. 여진이는 변덕스러운 친구 때문에 고민이 된다고 합니다. 자기 기분에 따라서 친절하다가도 금방 낯선 얼굴로 멀어지니 말이죠. 여진이에게 이제부터는 소설을 읽듯이 친구의 행동과 말투를 문장으로 느껴보라고 했어요. 그럼 친구를 객관적으로 이해할 수 있을 겁니다.
관계 맺음은 어른과 아이 모두 어려운 과제입니다. 가끔 이런 접근 어떠세요.

미*끄*러울 **滑**활

골목길 모퉁이 식당 에어컨 실외기 옆으로 아마릴리스가 활짝 피어나 손님과 행인의 발길을 잡았더랬지요. 식당 앞은 다른 화분 몇 개도 꽃이 좋아 딸부자 집처럼 화사해 보였어요. 화분을 일일이 식당 안으로 들여놓지 않으니 주인이 없는 밤에 붉은 아마릴리스를 누가 훔쳐 가면 어쩌나 걱정이 될 정도로 꽃이 크고 탐스러웠거든요, 허름한 종이에 cctv가 있다고 써놨는데 물에 번진 글씨가 나약해서 웃기더군요. 화장을 공들여한 여자 같이 예쁘던 아마릴리스는 아무도 안고 가지 않았지요. 계절이 바뀌면서 모퉁이 식당에는 가을꽃이 피어났어요. cctv가 감시했지만 계절은 기척도 없이 꽃을 쓸어 갔답니다.

별 이름 婁루

동대문 원단 시장에서 빨간 양단을 끊어와 동네 한복집에 맡겼지요. 떨리도록 빨간 두루마기를 입고 올림머리를 한 아이는 이모 결혼식에서 하루 종일 찬란하게 웃고 다녔어요. 그런데 잊고 살다가 요즘 그 두루마기가 갑자기 생각이 나는 겁니다. 특별한 옷을 입히면서 무슨 말을 했는지 기억에 없는데 햇살처럼 환하던 장면이 떠오릅니다.

큰아이와 함께 제게도 각별한 경험이었나 봅니다. 아깝지만 빌려주는 형식으로 후배 아이에게 빨간 두루마기를 물려주었지요. 그동안 제 이모는 멀리 떠났고 딸아이는 다른 나라에서 살고 있는데 저는 그저 빨간 두루마기라도 돌려받고 싶은 심사입니다.

훨훨날아갈 [illegible]휼

저녁 무렵 전철역 근처 혼잡한 거리를 지나가는데 앞서가는 여자를 잡는 남자가 있어요. 남자의 표정과 목소리에 따듯함이 하나도 없습니다. 못 들은 척 가는 여자의 외투에 달린 모자를 남자가 끌고 갑니다. 그 광경을 보자마자 제 안에 머물던 슬픔이 고개를 들고 맙니다. 소설을 읽다가 눈물이 나는 대목처럼 말이지요. 슬픔에 예민하고 민감하게 반응을 합니다. 옛날에요, 슬픈 기억 하나 지우자고 기쁜 기억 셋을 제물로 삼았거든요. 어쩐 일인지 그 후 기쁨에 대하여 인색해졌는데 슬픔이 줄어든 건 아니더군요. 그 여자의 불안과 불행을 목격한 저는 어제 읽은 소설의 문장처럼 곧 잊었으면 좋겠습니다.

초판 1쇄 발행 2024년 7월 19일
2쇄 발행 2024년 10월 30일

지 은 이 김효경
펴 낸 이 김 미, 김현진
펴 낸 곳 난나 출판사
주   소 경기도 의정부시 의정로 40번길
번   호 010-4114-9584

ⓒ 김효경, 2024

ISBN 979-11-987564